KB065927

꿈은
　　없고요,
그냥
　성공하고
　싶습니다

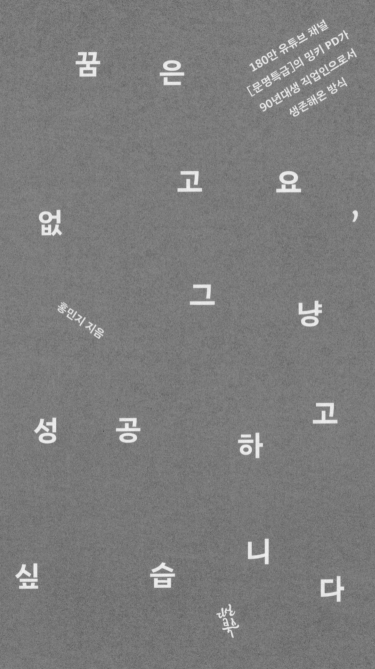

꿈은 고요,

없

그

냥

고

성 공 하

니

싫 습 다

180만 유튜브 채널
[문명특급]의 밍키 PD가
90년대생 직업인으로서
생존해온 방식

홍민지 지음

문명특급은 2021년 한국방송대상 뉴미디어 작품상을
수상했다. 이 상이 의미가 남다른 것은 방송계에 새로운 균
열을 냈다는 성취감 때문이다. 이전까지 뉴미디어를 '방송'
으로 인정해주지 않았기 때문에 한국방송대상에 이런 상은
존재하지 않았다. 그래서 여태껏 뉴미디어 작품상 수상작은
문명특급이 유일하다. 이제야 '한국 방송계'라는 인싸 집단
파티에 초대된 느낌이 든다.

2018년도에 시작한 문명특급은 뉴미디어 프로그램 중
에서 가장 오래 지속되고 있다. 지금까지 폐지되지 않은 이
유는 아주 단순한데, 그냥 될 때까지 다시 했기 때문이다. 무
섭게 적립되는 실패 앞에서 우리는 흙이라도 파먹자는 심정

으로 버텼다.

이 과정은 생각보다 쪽팔린 일이다. 왜 흙을 파먹냐며 조롱하는 누군가의 손가락질을 애써 외면해야 한다. 끌어줄 선배도 없고 경력자가 많아 노하우가 있는 팀도 아니다. 저 위의 결정권자인 누군가가 없애라고 하면 단번에 사라질 수도 있다. 회사에서는 아무도 직접적으로 얘기한 적 없지만 그저 약자의 직감이다. 야수들로 가득한 정글에 떨어진 토끼 한 마리처럼 언제 죽어도 이상하지 않은 게 현실이었다. 자연의 법칙대로, 그렇게 저절로 토끼는 생존 본능을 기르게 됐다.

내 숨통을 지키기 위해서 할 수 있는 일은 꽤 괜찮은 프로그램을 만드는 것뿐이었다. 눈치를 봐가면서 고분고분하고 얌전한 태도로 자리를 보전하는 방법도 생각해볼 순 있겠으나, 잘리지 않는 확실한 방법은 일을 잘하는 것이었다. 콘텐츠 회사에서 콘텐츠를 잘 만드는 직원을 자를 일은 웬만해선 없기 때문이다. 문명특급은 방송국에서 살아남고자 발버둥 친 결과물이다. 성과가 나쁘지 않았는지 회사에서는 다행히 독립적인 팀을 꾸려주어서 이제 잘릴 걱정은 안 하게 되었다.

곧 밟혀 죽을지도 모른다는 불안감과 절실함으로 일했던 사회초년생. 메이저로 인정받지 못하는 마이너. 분하지만 이것이 결국 나의 정체성이다. 이런 나를 외면하지 않으려고 한다. 정체성을 계속 유지하며 성장해보고 싶다. 주인공이 되어서 피날레를 장식할 수는 없겠지만 가끔 씬스틸러가 되는 행운이 나에게 오지 않을까.

　　이 책을 쓴 이유는 나처럼 초대장을 받지 못한 동료들을 위해서다. 치열한 입시 경쟁과 취업난으로 마음속에 천불이 가득한 비주류 90년대생으로서, 모범적이고 바르게 사회생활을 했다고 자부할 순 없지만 이런 식으로 사회에 뿌리내리는 방법도 있다고 보여주고 싶었다.

　　적나라하게 욕심을 보태자면, 이 책을 읽고 우리 안의 전투력을 끌어올려 누구 하나라도 성공했으면 좋겠다. 주식이나 부동산이나 로또 같은 횡재가 아니더라도 성공의 방법과 의미는 여러 가지니까. 절대 깨지지 않을 것 같은 돌판에 새로운 균열을 내서, 거기에 새로운 영역을 만들어서, 이런 성공도 있다고 보여주기를 바라고 또 응원한다. 이 마음이 책을 읽고 있는 지금 당신에게 제대로 전해진다면 이 책을 쓴 나 또한 어떤 의미로 성공한 것이다.

차례

초대받지 않은
메이저리그 따위
관심 없다

—

요즘에는 웹 예능이나 뉴미디어라는 말이 어느 정도 익숙해졌지만, 내가 이 일을 처음 시작했을 당시에는 뉴미디어를 '진짜' 미디어로 인정해주지 않았다. 나 또한 뉴미디어계의 선봉장이 되겠다는 각오로 이 분야에 들어온 것이 결코 아니다.

SBS에서 뉴미디어팀의 인턴을 뽑는다는데 뉴미디어가 뭔지는 모르겠지만 일단 지원부터 했다. 뉴미디어건 올드미디어건 영상을 편집하는 일은 다 똑같은 줄 알았다. 나는 그렇게 스브스뉴스팀에서 첫 사회생활을 시작했다.

우리 팀의 카피는 '자신 있게 내놓은 자식들'이었다. 카피만 그런 줄 알았는데 실제로도 내놓은 자식이었다. 우리 팀은 방송국 안에 선배도 없었고 후배도 없었다. 그땐 눈치가 없어서 몰랐는데 지금 생각해보면 왕따였던 것 같다. 심지어 무시와 괄시를 당하는 왕따. 당시에는 눈치가 없었기에 망정이지 크게 상처받을 뻔했다. 아, 자잘한 상처는 매일 달고 살았다. 엘리베이터에서 "쟤네 뭐 하는 애들이야?"라고 대놓고 하는 소리를 들었다. "안녕하세요, 스브스뉴스팀입니다"라고 소개하면 "스포츠뉴스?"라며 이름도 모르더라.

'진짜' 미디어에 있는 사람들은 우리를 동료라고 생각하지 않았다. 기존에 만들어놓은 선 안으로 침범할 수 없게 담장을 쌓아올렸다. 그들은 메이저였고 우리는 마이너였다.

3년 정도 뉴미디어에서 일했을 때, 나를 아끼던 선배들이 이 업계에서 떠나라고 조언했다. 여기 있어봤자 알아줄 사람이 없다며. 능력이 아까우니 한 살이라도 어릴 때 지상파 프로그램을 만드는 PD로 자리 잡아야 한다고 그랬다. 모두 나를 위한 말이었다. 아무리 열심히 해봤자 유튜브를 벗어날 수 없고, 제작비를 충당할 광고도 붙지 않고, 큰 규모의 프로그램을 제작하는 일도 불가능하다면서.

조언을 들었을 때 뉴미디어라는 황무지에서 내 젊음을 낭비하는 것이 아닐까 혼란스러웠다. 다른 친구들은 지상파 프로그램 조연출이 되어 이리저리 뛰고 있는데 나만 땅굴로 들어가는 것 같아 두려웠다.

어느 날 나와 동년배인 교양 PD에게 연락이 왔다.
"민지야, 선배가 가볍게 유튜브에 올릴 콘텐츠 만들어보라는데 어떻게 해야 해?"

가볍게? 가볍게… 가볍게 만든다? 그때 처음으로 방송계에서 내가 하는 일을 어떻게 생각하는지 정확히 알게 됐다. 자잘한 상처들에 적응한 줄 알았는데 커다란 파도 같은 현타에 휩싸였다. 뉴미디어를 하루빨리 떠나라는 선배들의 조언이 머릿속에 스쳐갔다.

나는 유튜브에 올릴 콘텐츠라고 생각해서 가볍게 영상을 제작해본 적이 없다. 오히려 짧은 시간 안에 모든 걸 담아야 하기 때문에 1분 1초도 쪼개 때려박았다. 치열하게 회의해서 아이템을 선정하고 업로드할 때는 제목이나 섬네일까지 단 한 순간도 대충 만들지 않았다. 그래서 당시에 재재 언니와 함께 칼을 갈았다. 이왕 시작한 거 버텨보자고. 완벽히 준비해서 우리의 일을 가볍게 여긴 이들의 엉덩이를 걷어차주자고 결의했다.

하지만 우리의 노력에도 불구하고 방송계에서는 여전히 마이너하다는 평가를 받았다. 2017년부터 매주 꾸준히 문명특급을 만들어왔지만 정규 방송 편성표에 걸리지 않았다는 이유로 '방송도 안 만들어본 것들'이라는 말을 듣기도 했다. 열은 받았지만 화풀이를 하는 데 쓸 시간이 없었다. 하루빨리 시청자의 인정을 받는 게 더 중요했다. 그래서 우리는 우리의 플랫폼에서 우리의 시청자를 위해서만 일하기로 했다.

그러다 보니, 어느새 뉴미디어 콘텐츠가 점점 대중들의 시선을 끌기 시작했다. 지상파 프로그램은 역으로 뉴미디어에 진출하고 뉴미디어 콘텐츠가 우후죽순 쏟아져 나왔다. 그렇게 나온 콘텐츠들에는 두 가지 공통점이 있었는데, 첫 번째는 굉장히 대충 만든 것처럼 보였다는 점이다. "유튜브에 올릴 거니까 대충 하나 후다닥 만들어봐"라는 지시가 있었던 걸까. 큰 고민 없이 다른 콘텐츠를 그대로 베끼거나 유튜브에서 좀 유명하다 싶으면 아무런 검증도 없이 출연자를 섭외하는 경우도 봤다.

두 번째 공통점은, 빠르게 사라졌다는 것이다. 뉴미디어 시청자는 능동적이고 바쁘다. 자신의 시간을 뺏기지 않을 콘텐츠만 골라서 본다. 그들의 선택을 받지 못한다면 아무리 유명한 연예인이 출연해도 조회수 1만을 넘지 못한다. 깐깐한 시청자가 있다는 걸 간과하고 만든 콘텐츠는 사라진다. 대충 만들었으니 시청자의 관심을 받지 못하고 밀려나는 건 당연한 결과다.

진작에 우리는 이러한 시행착오를 겪었다. 덕분에 문명특급은 시청자의 선택을 받아 300회를 향해가고 있다. 〈세상의 이런 일이〉의 진행자 임성훈 님을 만났을 때 100회만 넘기면 잘한 거라는 말씀을 들었는데 그런 의미에서 우리 팀은 잘 버텨냈다고 두 번 자축하고 싶다.

150회를 넘어갈 때부터였을까. 갑자기 나에게 뉴미디어에 관련한 인터뷰 요청이 오기 시작했다. 뉴미디어 콘텐츠에 대해 이야기해달라는 강연도 제안받았다. 황무지였던 뉴미디어판에 나무가 자라기 시작했다. 버티다 보니 나는 가장 큰 나무의 그늘을 선점할 수 있었다. 지금 와서 생각해보면 애초에 지상파 진출에 큰 욕심을 부리지 않았던 게 다행이다. 제약이 많은 지상파를 포기한 대신 자유로운 포맷과 편성 시간을 최대한 활용할 수 있었다.

2020년 2월에 코로나19 바이러스로 인한 마스크 구매 대란이 사회적으로 큰 화제가 됐을 때, 우리는 직접 줄을 서서 마스크를 사 보는 콘텐츠를 만들자고 30분 만에 회의로 결정했다. 진행을 맡은 재재 언니가 4시간 동안 줄을 서서 직접 마스크를 사는 이 장면을 카메라에 담았고, 3시간 만에 편집을 마무리했다. 정규 편성은 목요일이었지만 시의성이 가장 중요하다고 판단하여 금요일에 긴급 편성을 했다.

NCT127이 처음 출연했을 땐 평소보다 큰 호응이 따랐다. 보답하고 싶은 마음에, 분량 때문에 아쉽지만 편집해야 했던 장면들을 모아서 후공개 콘텐츠로 재편집했다. 마찬가지로 정규 편성은 목요일이었지만 토요일에 깜짝 편성을 해 업로드했다. 뜨거운 반응에 힘입어, 2차 후공개 콘텐츠를 토요일 밤에 2시간 만에 편집해서 일요일에 한 번 더 내보냈다. 애국가도 4절까지 있지 않은가. 시청자들은 끊임없이 생성되는 미공개 영상에 즐거워했다. 본편 이외에도 상황만 허락한다면 다양한 콘텐츠로 시청자들을 만족시키는 일이 기존의 룰을 지키는 것보다 중요함을 배웠다. 지상파와 달리 편성을 원하는 대로 할 수 있다는 것이 우리의 가장 큰 무기다. 자유로운 콘텐츠 덕에 시청자는 점점 늘어갔다.

사회가 암묵적으로 정해놓은 메이저의 담장이 있다. 그리고 그 속으로 들어가기 위해 많은 사람들이 지금도 노력한다. 그렇지만 꼭 그 안으로 들어가지 않아도 괜찮다. 내가 있는 자리에서 나 혼자 담장을 만들고 '메이저'라는 이정표를 써넣으면, 그때부터 나는 메이저가 된다. 남들에게는 내 담장이 낮고 허름하여 하찮게 여겨질 수 있다. 하지만 그 일을 하고 있는 나마저 쉽게 여기면 안 된다. 내가 하는 일이 세상에서 가장 쓸모 있는 일이라고 나부터 최면을 걸 필요가 있다.

메이저 근처에서 기웃거리며 우리의 가치를 알아주길 바라고 있을 시간에 우리는 우리만의 리그를 만들었다. 아무도 알아주지 않아서 억울하다면 분노해야 한다. 그 에너지가 있으면 관두고 싶다가도 조금 더 버텨내게 된다. 그럼 언젠가 내가 만든 담장 밖에서 들어오고 싶다고 두드리는 사람들이 생길 것이다.

돌판에
균열을
내자

—

그동안 샤이니, 2PM, 세븐틴, NCT, 오마이걸 등 다양한 아티스트들을 만나왔다. 이들은 한국에서 아이돌이라고도 불린다. 사실 문명특급은 애초에 아이돌에 특화된 프로그램이 아니었다. '신문명을 전파하자'는 기획 의도로, 기존의 것을 타파하고 새로운 문물을 조명하고자 만든 프로그램이다. 그러다 아이돌에 대한 기획을 해봐야겠다고 마음먹게 된 이유가 있다.

퇴근길에 생전 처음 보는 어떤 신인 아이돌 멤버와 엘리베이터를 같이 탔다. 그런데 갑자기 내게 90도로 인사를 했다. 갑작스러운 인사에 엉거주춤한 자세로 대응해버렸지만 그때 뭔가 이상함을 느꼈다. 아이돌은 방송국 관계자를 만나면 90도로 인사해야 한다고 훈련받은 것 같았다.

거기서부터 문제의식이 시작됐다. 한쪽만 하는 90도 인사는 예의와 다른 문제다. 강하게 말하면 갑을 관계로 진전될 수 있다. 짧은 순간이었지만 주머니 속 송곳이 튀어나왔다. 매우 불편한 감정이 들었고, 오랜 시간 축적된 기성의 룰이 있다고 느껴졌다.

사실 이제까지 나는 아이돌을 그저 춤추고 노래하는 사람으로만 소비했다. 미디어가 아이돌을 그런 방식으로 노출했고, 대부분의 시청자는 그대로 흡수할 수밖에 없었다. 하지만 내가 일을 하며 직접 만난 아이돌은 화려하기보단 고군분투하는 사회초년생의 모습을 하고 있었다. 그때부터 아이돌이 출연하는 방송을 이전과는 다른 시각으로 바라보게 됐던 것 같다. 음악 방송을 예로 들자면, 카메라에 잡히지 않아도 몸이 부서져라 안무를 추는 다른 멤버들이 보였다. 학창 시절에 음악 방송을 볼 때는 보이지 않던 장면이었다.

그들은 케이팝 분야에서 전문적으로 성장하는 직업인이자 전문가로 평가받아야 한다. 생각해보면 2세대 아이돌들은 나와 동년배인데 내가 고등학교를 다니고 있을 때 그들은 사회초년생으로 살고 있었다. 직장인으로 따지면 사원부터 대리를 달기까지 피눈물 나는 시기를 아주 어린 나이부터 시작한 거다. 나의 학창 시절을 함께한 노래들은 그 시절 2세대 아이돌들이 사회에 나와 치열하게 싸워서 일궈낸 결과물이라는 생각이 들었다. 과거에 어른들을 통해 들었던 아이돌에 대한 부정적인 시선이나 편견 때문에 인지하지 못한 가치다.

이는 내가 학생 때는 절대 느낄 수 없었던, 비로소 사회 초년생이 되고 나서 생긴 새로운 공감의 영역이다. 그렇다면 우리 프로그램에서는 아이돌을 어떻게 그려야 할지 고민했다. 그 결과, 최우선 목표는 아이돌이라는 직업인에 대한 가치를 시청자에게 전달해주는 것으로 설정했다.

그 전에 내가 기존의 방송에서 자주 봤던 아이돌의 모습을 먼저 정리했다.

1   아이돌은 늘 웃는 리액션을 해야 한다.
2   상대의 요구에 친절히 응해야 한다.
3   끊임없이 장기를 보여줘야 한다.

이 세 가지를 충족한 아이돌은 칭찬을 받는 것이 아니라 기본은 한다는 평가를 받는다. 한번 역지사지로 생각해봤다.

모의고사 때 5등급을 받다가 2등급으로 겨우 올린 과목이 있다. 당시 선생님께 "2등급이 기본이지"라는 말을 들었다. 나의 최선이 기본이었단 말을 들으니 피가 거꾸로 솟았던 기억이 있다. 아이돌이 되어본 적은 없지만 아마 그런 종류의 억울함이 있지 않을까 싶었다.

그래서 문명특급에 출연하는 아이돌에게는 이 세 가지를 지키겠다는 나름의 원칙을 세웠다.

1   안 웃기면 웃을 필요 없다.
2   무리한 요구라면 거절한다.
3   아이돌을 전문 직업인으로 표현한다.

위의 조건이 충족되면 그들도 덜 억울하지 않을까. 웃기지 않을 땐 웃지 않고 무리한 요구는 거절하는 모습도 비호감으로 비치지 않도록 하는 것은 연출과 편집의 영역이다. 앞뒤 말이 잘못 잘리면 오해를 부를 수 있고, 시청자에게 왜곡된 모습으로 전달될 수 있기 때문이다. 그래서 더더욱 게으름을 피워서는 안 된다. 내가 생각하는 연출자의 역할은 시청자에게 오해를 불러일으키지 않는 온전한 모습으로 출연자를 전달하는 것이다.

이런 원칙들을 지키며 아이돌을 섭외했고, 아이돌에 관한 기획을 여러 편 진행했다. 하지만 평소 문명특급이 하던 기획들과 차이가 생겨서 아이돌이 많이 출연하는 것에 대해 반감을 가지는 시청자도 있었다. 지인이 커뮤니티 캡처 이미지를 보내줬는데 '아이돌 홍보 방송으로 전락한 문명특급'이라는 글이었다. 사내에서조차 '문명특급은 기획 의도를 잃어가고 있다'는 평가를 받은 적도 있다.

이런 비판 속에서도 이 기획을 놓지 않았던 이유는 촬영장에서 들었던 아이돌들의 마지막 소감 때문이다. 문명특급 촬영은 뭔가 달랐다고 이야기해주는 그들 덕분에 잃어갔던 자신감을 다시 충전했다. 무엇이 달랐냐고 구체적으로 물은 적은 없지만 느낄 수 있었다. 사회에 막 나온 초년생인 이들이 이제까지 어떤 환경에 노출되어 있었는지 말이다.

어떤 아티스트의 매니저가 촬영이 끝난 후 내게 이렇게 이야기했다. "매니저로 일하는 10년 동안 이렇게 편한 촬영 처음입니다." 문명특급의 아이돌 기획에 대한 호불호는 여전히 존재하지만, 아이돌판에 균열은 낸 것은 확실하다. 이를 통해 아이돌에 대한 기존의 편견을 부수고 새로운 시점으로 바라보기 시작한 시청자도 분명히 생겼다. 우리는 매주 보이는 작은 변화들에 성취감을 느꼈다.

이제 여기에서 더 나아가 케이팝 아이돌과 90년대생 시청자들은 같은 시대를 살고 있다는 연대감을 주고 싶다. 그리고 우리는 동년배라는 진한 공감대를 형성해주고 싶다. 내가 학창 시절에 봐왔던 프로그램들은 케이팝이나 아이돌의 성공을 가벼운 일로 포장하는 경우가 많았다. 케이팝을 사랑하는 팬들을 '빠순이, 빠돌이'라고 표현하기도 했다. 아이돌이 무대에 임하는 태도보다는 방송에 임하기 위해 준비한 장기자랑에 더 무게를 뒀다.

이것들이 묘하게 불편했던 이유는 마치 나에게 벌어지는 일처럼 느껴졌기 때문이다. 내가 사회생활을 하며 임하는 진지한 태도를 우습게 보는 어른들도 있고, 나의 전문성을 발휘하는 걸 기대하기보다는 회식을 하며 분위기를 띄우는 역할을 기대하는 어른들도 많았다. 그런 지점들이 아이돌이 방송에 나가서 받는 대우와 꽤 비슷하다는 생각이 들었고, 그게 나를 불편하게 만든 거다.

그렇게 때문에 90년대생 제작진으로 이루어진 우리 프로그램은 케이팝과 아이돌을 더 귀하게 여길 수밖에 없다. 90년대생의 학창 시절, 그 중심엔 케이팝과 아이돌이 있었다. "샤이니 〈셜록〉 할 때 우리 고3이었잖아", "포미닛이랑 비스트 노래로 장기자랑했을 때 갔던 수학여행 장소가 제주도

였나?" 이렇게 케이팝은 기억을 소환하는 좌표가 되고, 좀 더 거창하게 말하자면 학창 시절부터 지금까지의 기억을 사라지지 않게 만들어주는 힘이 된다.

이제 90년대생이 사회에 나왔고, 우리는 어른들이 풀어 냈던 방식에 균열을 내야 한다. 드디어 우리 세대의 방식으로 케이팝과 아이돌을 조명할 수 있는 순간이 시작된 것이다.

기저귀 갈아준 적
없으면
키웠다고 하지 말자

—

"너가 재재 키운 거 아니야?"
"재재 언니는 부모님이 키우셨겠죠."

사람들은 누구를 키워야만 하는 병에 걸렸나 보다. 문명특급의 시청자가 늘고 재재 언니가 진행자로서 주목받기 시작하자, 나는 방송 관계자들에게 위와 같은 말을 심심치 않게 들었다. 내 코가 석자인데 누가 누굴 키운다는 말인지. 재재 언니 입장에서도 기분이 나쁘고, 아직까지 자녀 계획이 없는 내 입장에서도 황당하다. 게다가 재재 언니는 나와 같은 PD로서 업무를 하고 있는데 보여지는 역할이 출연자라는 이유로 이런 오해를 받는다.

하지만 이 표현은 낯설지 않다. 출연자와 연출자 사이에서 특히 많이 나온다. "내가 얘 키웠지." "감독님이 키워주셨죠." 이런 흐름의 멘트는 매우 자연스러운 관용적 표현 같다. 개인적으로 존경했던(지금은 아니기에 과거형을 쓴다) 선배와 밥을 먹은 적이 있다. TV에서 한 연예인의 광고가 나오고 있었다. 그는 탄식을 내뱉었다. "쟤 내가 키웠는데 이제 연락도 없네."

웃기지도 않는 선배의 '조크'에 괜히 손발만 오그라들었다. "선배, 혹시 저 연예인의 부모님이세요?"라고 되물었다. 그랬더니 내가 장난치는 줄 알고 호탕하게 웃더라. 그 덕에 나도 실소가 터졌다.

도대체 왜 본인들이 부모나 보호자인 것마냥 "키웠다"라고 하는 걸까. 막상 힘든 일이 터지면 부모나 보호자처럼 발 벗고 나서지도 않으면서. 이 표현은 비단 방송계에서만 쓰이지 않는다. 영화계에서도 어떤 감독이 "저 배우는 내 덕에 컸다"라고 하는 소리를 들었다. 회사에서도 "김 대리는 사원일 때부터 내가 키웠지"라고 말하는 부장을 봤다. 출산율이 저조한 이 시대에 자기가 낳지도 않았으면서 키웠다는 사람은 왜 이렇게 많은 걸까.

이보다 더 무서운 표현은 "키워줄게"다. 이 말은 강자가 약자에게만 쓸 수 있는 말이고 자연스럽게 갑을 관계를 전제로 하여 상대를 절로 고개 숙이게 만든다. 상대방을 자신의 의도대로 조종하겠다는 말과 다를 게 없지 않은가.

어떤 프리랜서가 다른 회사의 대표에게 "내가 키워줄게. 우리 회사로 와"라는 말을 들었다고 한다. 그 프리랜서는 취업이 안 돼서 이래저래 고민이 많은 시기를 거치고 있었다. 그래서 판단력이 흐려졌는지 그 말을 달콤한 제안처럼 받아들이고 있었다. 다행히 그는 그 회사에 입사하지 않았다. 뒤늦게 알고 보니 그 회사의 직원들이 열정페이에 시달리고 있었다고 한다.

"키워줄게"라는 말은 모든 요소를 정당화한다. 구체적으로 말하자면 '월급을 제대로 주지 않는 것', '불리한 조건으로 일하게 만드는 것', '싫은 일을 억지로 시키는 것' 등이다. 그 말은 마치 기름과도 같아서, 사람 안에 있는 열정을 태워 하얀 재로 만든다. 강자가 쉽게 뱉는 이 한마디에 속아 절실한 사람들은 바보가 된다.

정말 능력이 있는 사람은 이런 말을 쓰지 않는다. 자신이 어떤 방향성을 갖고 있는지 구체적으로 설명한다. "키워줄게"라는 한마디로 상대를 현혹하는 사람은 반드시 우리 곁에서 걸러내야 한다. 탈이 날 게 뻔한 곰팡이 핀 음식엔 손도 대지 않는 것처럼.

"언니 덕분에 많이 배우는 것 같아요."

편집에 큰 재능이 있는 조연출인 김혜민 PD가 말했다. 그래서 나는 "혜민아, 너는 너 혼자 잘해서 성장한 거야"라고 대답했다. 혜민이의 마음은 고맙지만 후배와 선배는 제자와 스승의 관계가 아니다. 자식과 부모의 관계도 아니다. 각각의 직업인으로 존재하는 개인일 뿐이다. 그런 사이에 '키우다, 배우다, 가르치다' 등의 표현을 쓰는 게 나로서는 어색하다. 후배들이 나를 통해서가 아닌 스스로의 힘으로 성장했다고 생각하면 좋겠다. 나와 일하지 않고 다른 팀에 가더라도 높은 자존감을 갖고 일할 수 있도록 말이다. 물론 이렇게 말하는 나 또한 선배들이 나를 키웠다고 생각하지 않는다.

'이것저것 따지니까 무서워서 말 한마디 못 하겠네'라고 생각할 사람들을 위해서 대신 사용할 수 있는 좋은 표현을 찾았다. 악동뮤지션과 뮤직비디오에 대한 인터뷰를 하던 중에 주운 말이다. 사람들이 악동뮤지션의 의도라고 생각했던 지점이 사실 뮤직비디오 감독의 아이디어와 연출이었던 거다. 그때 수현 님이 "예술과 예술이 만나서 시너지를 만들었어요"라고 답했다. 감독과 아티스트의 수평적인 관계가 느껴지면서 동시에 서로의 영역을 존중하는 적절한 표현이라고 생각했다. 쉬울 것 같지만 이런 표현을 즉석에서 하는 것은 매우 어렵다. 그렇기에 더더욱 "감독님이 다 하신 거죠"라는 말보다 훨씬 겸손하고 솔직하다. 그래서 수현 님에게 배운 이 표현을 적극적으로 사용하고 싶다.

"혜민아, 너의 편집 덕분에 시너지를 발휘할 수 있었어."

연출자가 출연자를 키우는 걸까? 프로듀서가 가수를 키우는 걸까? 감독이 배우를 키우는 걸까? 대표가 직원을 키우는 걸까? 누가 누굴 어떻게 얼마나 키웠길래 이런 말을 쉽게 내뱉을 수 있을까?

두세 살 때 내 곁에는 아빠가 없었는데 외삼촌이 아빠의 부재를 대신해줬다. 그런 외삼촌마저 나를 키웠다고 하지 않는다. 기저귀 갈아준 적 없으면 키웠다고 하지 말자. 각자 그 자리에 뿌리 내려서 비 맞고 햇빛 받으며 알아서 큰 거다. 그럼에도 굳이 키워주고 싶다면 매달 2백만 원 이상 아무런 대가 없이 양육비를 보내주는 걸로 정하면 좋겠다. 20년 동안 꾸준히.

그런데 혹시 내가 만약 출연자를 키웠다는 말을 하는 연출자로 성장한다면 누구든 좋으니 내 따귀를 때려주길 바란다. 그리고 "누가 누굴 키워요, 본인이나 더 크세요"라는 일침을 놓아주길 간절히 부탁드린다.

꿈은 굳이
안 이뤄도
된다

—

2002 월드컵 때의 나는 아파트 단지 놀이터에 설치된 모니터를 바라보며 응원하던 초등학생 중 하나였다. 다함께 한목소리로 "꿈은 이루어진다! 짝짝짝짝짝 대한민국!"을 외쳤다. 그때부터 나도 국가대표 선수들처럼 꿈을 갖고 이뤄야 하는 줄 알았다.

나의 첫 번째 꿈은 디즈니 애니메이터가 되는 것이었다. 애니메이터는 디즈니랜드에서 일하는 줄 알았고 디즈니 크루즈를 공짜로 탈 수 있는 줄 알았다. 중학생의 나이가 되어서야 품게 된 그 꿈은 너무 간절해서 애니메이션 고등학교로 진학하고 싶었지만 엄마의 반대로 그러지 못했다. 성인이 될 때까지 기다렸다가 관련 학과에 진학했다.

이제야 비로소 꿈을 이룰 수 있을 것 같다는 기대감에 가득 차 있던 나는 디즈니 애니메이터의 홈페이지를 찾아내 그의 메일로 질문지를 보냈다. 디즈니 애니메이터가 되는 방법이 궁금했기 때문이다. 오매불망 답장을 기다렸는데 수신은 감감무소식이었다.

그래서 비행기 표를 끊어서 뉴욕에 있다는 그의 사무실로 무작정 찾아갔다. 하지만 문 앞의 경비원에게 막혀서 들어가지 못했다. 하는 수 없이 며칠 동안 사무실 앞 공원에 앉아 1달러짜리 피자로 끼니를 때우면서 저 사무실에 있는 애니메이터를 어떻게 만날 수 있을까 고민했다.

내리쬐는 땡볕을 피하려 근처에 있는 박물관으로 들어갔다. 제일 시원한 곳이 하필이면 이집트관이라 거기서 오래 머물고 있었는데 갑자기 어떤 사람이 이집트에 관심이 많으냐고 물어봤다. 이집트인인 것 같아 보이길래 관심이 많다고 답했다. 그러자 그는 이집트의 어떤 면모를 좋아하느냐고 또다시 질문했다. 그래서 디즈니 애니메이션 〈이집트의 왕자〉를 보고 이집트를 좋아하게 됐다고 아무 말로 대답했다. 그랬더니 그 사람이 자기가 디즈니에서 일하고 있다고 밝혔다. 애니메이터는 아니지만 음악 관련 분야에서 일하는 사람이었다. 영어 실력이 부족해서 구체적으로 무슨 일을 하는지는 알아듣지 못했다.

아무튼 그런 신기한 계기로 디즈니 직원을 알게 됐다. 그에게 디즈니 애니메이터 동료를 소개해달라고 부탁하니 그는 흔쾌히 동료의 메일 주소를 알려주었다. 이번에는 다행히 애니메이터에게 답변을 받을 수 있었다.

지금 생각해보면 좀 과하다 싶지만 그 정도로 꿈을 이루고자 하는 욕망이 강했다. 디즈니 애니메이터의 조언도 들었겠다, 꿈에 한 발짝 다가선 것 같아 자신감이 생기던 시절이었다. 대학교에 복학해 심화 과정으로 애니메이션 전공 수업을 듣게 됐다.

한 학기 내내 캐릭터가 2단 점프를 하는 영상을 만들었다. 웃으면서 점프하는 캐릭터를 만들고 싶었지만 입꼬리를 올릴 자신이 없어서 무표정으로 점프를 하게끔 타협했다. 캐릭터의 관절을 하나하나 움직이게 만드는 것은 정말 내 적성에 맞지 않았고 심지어 그 시간이 끔찍하게 여겨졌다. 결과는 C+. 스스로에게 크게 실망했다. 그 순간 대학에 진학한 이유가 사라졌다.

얼마나 방황을 했을까. 내가 못 하는 것들을 지워가다가

두 번째 꿈을 품게 됐다. 광고인이 되고 싶어서 우리나라에서 가장 큰 광고 회사 두 곳에 지원서를 넣었다. 두 기업 모두 최종 면접까지 가게 되자 머릿속에는 광고인으로 명예퇴직까지 하는 60세의 내 모습이 그려졌다.

A사에서는 그 회사에서 만든 광고 중 기억에 남는 것을 말해달라고 했는데 나는 내 기억에 가장 별로였던 광고를 말했다. 굳이 왜 그런 이야기를 했느냐면 여기까지 온 김에 회사에 대한 비판을 하고 싶었기 때문이다. 지금 생각해보면 좋은 말만 해도 모자란 시간에 괜한 짓을 한 것 같다. 이왕 비판할 거라면 논리라도 있었어야 했는데 그보다 감정이 앞섰다. 그 이유 때문인지는 모르겠지만 아무튼 탈락했다.

첫 번째 면접을 교훈 삼아서 다음 면접에서는 튀는 행동을 하지 않기로 마음먹었다. 그렇게 B사의 최종 면접에서는 '당신이 광고를 만든다면 어떻게 만들 것인지 아이디어를 말해보라'는 질문을 받았다. 솔직히 속으로 정말 웃긴 아이디어가 있었는데 너무 튀는 것 같아서 누구나 생각할 법한 아이디어를 이야기했다. 이 이유 때문인지는 역시 모르겠지만 또 탈락했다.

가장 큰 광고 회사 두 곳에서 모두 탈락하고 나니까 '광고와 나는 잘 맞지 않는구나'라는 생각이 들었다. 광고인으로서 좋은 능력을 갖고 있는 사람들이 면접관을 담당했을 텐데 이들의 판단이 그렇다니까 굳이 광고인이 되려고 아등바등 애쓰고 싶지 않아졌다. 안 될 주식이라면 빠르게 손절하는 편이 더 낫겠다고 생각했다.

그렇게 미래에 대한 아무런 목표가 없는 상태로 1년을 지내보기로 했다. 그러던 중 SBS 스브스뉴스 인턴 공고가 떴다. 방송인이 되고자 하는 꿈은 없었고 그저 회사가 집이랑 가까워서 지원했다. 그런데 인턴 지원에 덜컥 합격해서 보도본부 소속으로 일을 하기 시작했다. 소속이 그렇다 보니 온갖 사건 사고 속에서 어둡고 무거운 이야기를 편집해야 하는 순간이 많았다. 나는 더 밝은 톤의 영상을 제작하고 싶었다.

그 시기에 예능 PD라는 세 번째 꿈이 생겼다. 보도본부에서 일을 하면서 예능국에 지원을 했다. SBS와 MBC에 지원했고 둘 다 최종 면접까지 붙었다. SBS에 재직하고 있어서 많은 정보를 알고 있었기에 합격 확률이 높을 것이라고 생각했다. 하지만 기대와는 달리 탈락했다. MBC 최종 면접에서도 마찬가지로 탈락했다.

광고 회사와 마찬가지로 이번에도 능력 있는 예능 PD

들에게 심사를 받은 결과였다. 또 도전하는 것은 가성비가 떨어지는 것 같아서 예능 PD가 되겠다는 꿈을 접었다. 예능국의 합격 딱지를 받기 위해서 어떤 점을 더 노력해야 하는지 알 수 없었기 때문이다. 이제까지 가졌던 세 가지의 꿈은 실현해보기도 전에 모두 불합격 통보를 받았다.

그때부터 멀리 보지 않기로 했다. 당장 오늘 나에게 찾아온 기회만 잡으면서 살기로 했다. 꿈을 가져봤자 번번이 타인에게 까이는데 인생에 손해만 주는 꿈을 굳이 또 가져야 할 이유가 없었기 때문이다. 이것이 현재 일하고 있는 뉴미디어 분야에 더 몰입하게 된 계기다. 앞서 말했다시피 처음부터 뉴미디어에 원대한 꿈이 있었던 건 아니다. 하지만 반대로 생각해보면 나에게 합격 목걸이를 걸어준 곳은 이곳만이 유일하다.

나를 원하지 않는 곳에 미련을 두는 것은 시간 낭비라는 생각이 들었고 나를 원하는 곳에서 최선을 다할 때 어떤 결과가 있을지 궁금해졌다. 학창 시절부터 난 드리머였는데 인생에서 처음으로 꿈 없이 살아가는 날들이 시작됐다. 불행할 줄 알았지만 이룰 것이 없으니 반대로 아주 행복했다. 짐이 가벼워져서였을까. 회사에 출근하는 모든 날들이 즐거워졌다.

그렇게 일하다 보니 〈겨울왕국2〉의 디즈니 애니메이터 윤나라 님을 인터뷰할 수 있는 기회를 얻었다. 그와 2시간 남짓한 촬영에서 디즈니 애니메이터로 살아가는 이야기를 아주 생생하게 들을 수 있었다. 원없이 질문도 했다. 디즈니 애니메이터가 되지는 못했지만 그들을 인터뷰하고 만날 수 있는 사람이 되었다.

광고인을 꿈꾸던 시절에 지원했던 광고 회사에서는 교육 시간에 내가 제작한 영상을 틀어주었다고 한다. 그 얘기를 듣고 소름이 돋았다. 나에게 불합격을 통보한 회사에서 내 영상을 긍정적으로 평가했다는 사실이 나름 통쾌했다. 또 한 번의 불합격을 통보한 다른 광고 회사에서는 문명특급에 광고를 하고 싶다고 메일을 보내왔다. 그 회사와 미팅도 하고 브랜디드 광고를 함께 진행했다. 어떻게 보면 내가 그 광고 회사의 광고를 제작하게 된 것이다. 나를 탈락시켰던 회사에서 나에게 광고를 요청하다니 정말 재미있는 일이 아닌가!

살다 보면 별일이 다 생긴다. 예능 PD에 지원했다가 탈락했던 나는 요즘 시청자들에게 예능 PD라고 불린다. 방송국에서는 나에게 예능 PD를 맡을 자격이 없다고 했는데 말이다. 우리 프로그램의 진행자인 재재 언니는 백상예술대상의 여자 예능인 후보에 올랐고, 우리 프로그램은 더더욱 예능 프로그램의 형태를 띠게 됐다.

꿈을 갖는 순간 타인의 평가를 기다리는 시간이 따른다. 작가가 되고 싶다고 하면 당신이 작가 자질이 있는지 선배 작가에게 평가받고, 평론가의 평가를 받고, 문예상의 평가를 받고, 출판사의 평가를 받는다. 가수가 되고 싶다고 하면 소속사의 평가를 받고, 예중 예고 예대 입시의 평가를 받고, 오디션까지 가서 평가를 받고, 음원 플랫폼의 평가를 받는다. 꿈을 이루지 못했을 때는 불합격의 낙인이 찍힌다. 그러면 힘이 쭉 빠지고 매우 서운해진다. 하지만 애초에 꿈을 이루겠다는 강박이 없다면 타인의 긍정적인 평가를 목 빠지게 기다릴 일도, 불합격 딱지를 받을 일도 없다.

가끔 인터뷰를 하다 보면 최종 목표나 꿈에 대한 질문을 받는다. 사실 꿈이 있지만 구체적으로 답하지는 않는다. 내 꿈은 굳이 안 이뤄도 되고 그냥 갖고만 있겠다는 건데, 내가 실제로 그것을 이루는지 못 이루는지 평가하는 사람이 너무 많아진다. 꿈을 이뤄야 한다는 강박에 시달리고 싶지 않다. 강박에 시달리다 보면 내 꿈을 인질로 악마의 손길을 내미는 빌런이 등장하기 마련이다. 빌런에 현혹될 필요 없다. 누군가 인정해주지 않아도 내 세상은 절대 무너지지 않는다.

직장보다
직업이
중요하다

—

직장인보다는 직업인으로 살고 싶다. 원래는 국장까지 승진해서 멋진 차를 타는 것이 목표였는데, 지금은 그저 사람들의 기억에 오래 남는 PD가 되고 싶다.

그 계기는 직장 생활 1년차에 영등포구청역에서 만난 이름 모를 낯선 사람 덕분에 생겼다. 퇴근길, 숨쉬기도 빠듯한 지옥철에서였다. 내 앞에 있던 사람이 어깨를 들썩이며 키득거렸다. 손에 잡은 스마트폰에 내가 편집한 영상이 보였다.

그때 태어나서 처음 느끼는, 뭐라고 설명하기 힘든 감정이 퐁퐁 솟았다. 내가 만든 무언가로, 누군가의 인생에 즐거움을 주는 광경을, 직접 내 눈으로 목격하다니. 평범하고 사소한 일상에서 느꼈던 그 순간의 성취감이 월급날보다 행복했다.

이후 3년 동안 문명특급이라는 웹 예능 프로그램을 제작하는 일에 열정을 바쳤다. 직장에서의 지위가 아닌 직업에 대한 목표가 생기니 회사에 가는 게 즐거워졌다. 회사는 더이상 나에게 경쟁하고 스트레스가 쌓이는 공간이 아니다. 편집할 수 있는 컴퓨터가 있고 함께 일하는 동료가 있고 촬영할 수 있는 스튜디오가 있는 컨테이너 박스 정도랄까. 명확히 말하자면, 나는 회사에 충성할 생각이 손톱만큼도 없다. 충성해야 할 대상은 내 영상을 봐주는 시청자다.

어느 순간부터 내가 회사에 출근하는 이유가 월급이 아닌 시청자를 향해 있었다. 아무도 알아주지 않았지만 그들이 행복해지길 바라는 마음으로 열심히 일했다. 누군가의 괴로운 시간 속에 내가 하는 일이 위로가 되길 바랐다. 참으로 낯간지러운 고백이지만 사실이다.

진심이 전달됐는지 지상파로 송출된 것도 아니고 광고도 따로 하지 않았는데 시청자들이 문명특급에 찾아왔다. 우리 팀의 노력이 보였는지 제작진의 월급을 올려달라며 귀여운 시위를 하는 시청자나 돈 많이 벌라며 광고도 스킵하지 않겠다는 시청자도 생겼다. 그들의 마음을 얻으니 성과는 자동으로 따라왔다.

내가 하는 일은 회사에 수익 면에서도 이익이 되었다. 그러자 회사도 내게 어느 정도의 보상을 해줬다. 2020년 추석을 앞두고 웹 예능인 문명특급을 SBS의 특집 프로그램으로 편성했다. 90분의 시간과 약 1억 원 규모의 제작비를 운용하며 연출할 수 있는 기회를 주었다. 아이템과 제작 방향을 비롯한 편집까지, 대부분의 결정권을 나에게 맡겼다.

놀랍게도 나는 90분짜리 TV 프로그램을 제작해본 경험이 전무하다. 그런 사람에게 추석 특집 연출을 맡긴다는 건 회사 입장에서도 이례적인 결정이었을 것이다. 이렇게 된 이상 나도 회사가 갖춘 인프라를 적극 활용하고 싶었다. 순간, 스치듯 봤던 시청자의 댓글이 떠올랐다.

'문명특급에서 숨듣명 콘서트 해줬으면 좋겠다.'

그때까지 우리는 학창 시절부터 플레이리스트에 살아 숨 쉬고 있는 화석처럼 귀한 곡이지만 막상 무슨 노래를 좋아하느냐고 누가 물으면 당당하게 말하기는 부끄러운 곡, 그래서 '숨어 듣는 명곡'이라는 기획을 문명특급에서 진행해왔다. 콘서트라면 이미 음악 방송으로 갖춰진 SBS의 시스템을 이용하면 된다. '숨듣명'은 문명특급에게 오리지널리티가 있다. 이 두 가지 강점을 가장 잘 섞을 수 있는 기획을 구독자의 댓글을 통해 얻었다. 웹 예능인 우리의 도전은 지상파에 밀레니얼 세대의 문화를 전파하는 과정이었다. 우리는 〈숨듣명 콘서트〉를 기획하여 2000년대 후반에서 2010년대 초반에 유행하던 노래들을 다시 끌어올리기로 했다. 티아라 완전체를 소환했고 SS501을 재결합시켰다. 유키스와 틴탑의 콜라보인 틴키스도 선보였다.

밀레니얼 세대들은 콘서트를 통해 10년 전을 추억했고 문명특급의 TV판은 제작비 대비 수익을 거뒀다. 방영 후 CJ E&M이 발표한 콘텐츠 영향력 부문에서 tvN의 〈비밀의 숲〉과 〈청춘기록〉의 뒤를 이어 3위를 기록했고, 2.3퍼센트의 시청률로 선방했다는 평가를 받았다. 다음 해에는 〈컴눈명 콘서트〉 TV판을 또다시 진행했다. 샤이니, 2PM, 애프터스쿨, 나인뮤지스 등 90년대생 시청자들의 학창 시절을 책임졌던 아이돌을 재소환했다. 방영 후 CJ E&M이 발표한 콘텐츠 영향력 부문에서 1위를 기록했다.

이후 회사가 나에게 어떤 의미인지 다시 생각하게 됐다. 앞서 언급했듯 예전에는 회사를 컨테이너 박스 같은 무생물로 취급했다. 회사가 시키는 일은 죽어도 하기 싫은 청개구리 심보로 가득했다. 하지만 지금은 서로 윈윈하는 동반자가 될 수 있겠다는 생각이 든다.

고등학교 1학년 때 이나연(가명)이라는 친구가 있었다. 같은 반이었는데 정말 쿵짝이 잘 맞았다. 공부 스타일도 비슷하고 좋아하는 과목도 비슷하고 성적도 비슷했다. 우리는 시험 기간이 되면 더 각별해졌다. 시험 기간이면 범위를 나눠 정리 노트를 만들어서 바꿔 봤다. 아침마다 수행평가를 잊지 않았는지 챙겨줬다. 야자실에 나란히 앉아 서로의 잠을 깨워줬다. 덕분에 성적도 많이 올랐다.

그러면서도 우리는 학교 안에서만 친했고 학교 밖에서는 따로 만난 적이 없었다. 나연이네 집이 어딘지도 모르고 가족 관계도 기억이 안 난다. 그러고 보니 교복이 아닌 사복을 입은 모습도 본 적이 없는 것 같다.

2학년이 된 후 나연이와 반이 갈렸다. 우리는 복도에서 가끔 만나면 어색함에 괜히 호들갑을 떨며 반가워하는 사이가 되어버렸다. 3학년이 되자 서로 지내는 층까지 달라져서 근황도 모르는 사이가 됐지만 나는 우리가 멀어졌다는 사실이 서운하지 않았다. 아마 나연이도 그랬을 것이다.

회사와 나의 관계가 딱 나연이와의 관계 같아지면 좋겠다. 꽁냥꽁냥하고 진득한 우정보다는 건조하고 담백하게 서로를 응원하는 사이가 되고 싶다. 나연이 덕분에 성적을 올렸던 것처럼 회사 덕분에 큰 무대를 기획할 수 있었다. 능력 있는 촬영팀, 세트팀, 음향팀, 조명팀, 중계팀, 진행팀을 한번에 모을 수 있었던 것도 회사 덕분이다.

이왕 회사와 한배를 탄 거 함께 좀 더 멀리 갈 수 있는 방안을 찾아보고 싶다. 회사가 갖고 있는 인프라와 리소스를 적극적으로 활용한다면 직업적인 성취를 이룰 수 있다. 그럼 더 좋은 프로그램을 제작할 수 있고 그것은 곧 시청자들에게 전달된다. 이런 선순환은 내가 원했던 좋은 PD가 되는 것에 가까워지는 일이다.

그와 동시에 나연이와 다른 반이 되어도 큰 타격이 없었듯이 회사 없이도 홀로 서 있을 수 있도록 훈련 중이다. 개인적이고 냉정하게 일하고 싶다. 같은 학교 선후배도 좀 챙겨주고 회식도 빠지지 말고 명절마다 안부 카톡도 좀 드리고 해야지, 아직까지도 나는 참 눈치가 없다.

그럼에도 내 방식대로, 직장인보다는 직업인으로서 살아남겠다. 만약 살아남지 못한다면? 겁먹을 필요 없다. 나연이와의 관계처럼 회사와 좀 멀어지면 그만이니까.

이기적으로
일한다

—

    선배인 팀장들이 나에게 가끔 역으로 고민 상담을 요청할 때가 있다. 90년대생 팀원에 대한 이해가 필요해서 나를 부르는 게 대부분이다. 그들은 공통적으로 90년대생은 윗세대보다 이기적인 것 같다고 말했다. 자기가 하고 싶은 일만 열심히 하고, 다른 팀원들은 아직 퇴근하지 못했는데 혼자 칼퇴를 하고, 휴가 때 카톡을 하면 아예 읽씹을 한단다. 프로필에 '카톡X 전화X'라고 써두어서 연락을 하기도 전에 찔리게 만들기도 한다고. 퇴사를 할 거라고 크게 떠들고 다니기도 해서 상처를 받은 팀장도 봤다.

    나는 팀장의 역할도 하고 있고 90년대생이기도 하기 때문에 두 입장에 모두 공감이 간다. 하지만 변화를 위해서는 어느 정도 이기적일 필요가 있다고 생각한다. 물론 남들에게 피해를 주지 않는 선에서 말이다.

팀장 직급이 들으면 속 터지겠지만 이기적으로 퇴근해 버리는 팀원이 있어야 칼퇴 문화가 정착한다. 그 팀원의 공백을 메꾸기 위해서 오전 시간을 좀 더 타이트하게 활용하거나, 불필요한 보고 절차를 생략하거나, 어쩔 수 없이 야근을 하게 됐다면 다음 날 늦게 출근하는 시스템을 도입하는 등의 대안이 나올 수가 있다. 눈치만 보면서 가만히 앉아 있는 팀원들만 있는 회사에서는 절대 생각도 못 할 대안들이다.

이런 대안들이 실행되고 효율성이 높아지면 직원들이 일하는 즐거움을 찾을 수 있고 스트레스를 덜 수 있다. 그러면 회사라는 공간을 긍정적으로 바라보게 되고 더불어 성과도 올라간다. 그러니까 이기적인 90년대생을 탓하지만 말고 그들의 특성을 이해하고 함께할 수 있는 새로운 대안을 제시해나가는 게 연륜 있는 팀장들이 해야 할 몫이라고 생각한다.

나도 내가 가진 이기심을 숨기지 않는 편이다. 그리고 최근에는 나의 이기적인 특성을 스스로 도움이 되는 방향으로 활용하는 방법을 찾았다. 일에 대한 열정을 조금 더 유지할 수 있는 원료로 쓰는 거다.

공덕동에 내가 좋아하는 오마카세 식당이 있다. 고급스러운 여느 오마카세 식당들과는 다르게 나무 테이블도 삐그덕거리고 비싼 그릇도 쓰지 않는다. 그런데 단골들이 넘쳐난다. 주방장님은 손목이 아파서 가게 규모를 더 작은 곳으로 옮겼지만 위치가 바뀌어도 단골들은 열렬히 쫓아갔다. 주방장님께 물었다. "주방장님은 왜 단골이 많은지 생각해본 적 있으신가요?" 그러자 그는 곧바로 대답했다. "솔직히 손님들 입맛에 맞추기보다는 제가 먹고 싶은 음식들을 내놓아서 그런 것 같아요."

'손님이 왕'이라는 고릿적 말처럼, 식당의 음식은 손님의 입맛에 맞추는 게 당연하다고 나는 생각해왔다. 하지만 사실 본인이 가장 좋아하는 요리를 대접하는 것이 손님에게도 이득이다. 나를 중심으로 생각했을 때 가장 맛있는 요리가 세상에서 가장 맛있는 요리일 테니까 말이다.

이 성공 비결을 곧바로 일에 적용했다. '남들이 봤을 때 뭐가 재미있을까?'라는 생각보다, 내가 시청에 시간을 투자해도 절대 아깝지 않을 콘텐츠를 제작하기로 했다. 내가 보고 싶은 콘텐츠를 생각하면 구성하는 1분 1초가 아까워진다. 1분 이상 투자해서 시청자들이 볼 가치가 있는 이야기인지 그것에 편집의 기준을 둔다.

그런 다음 혼자서 상상한다. 퇴근길 지친 몸을 이끌고 9호선 지옥철을 기다리는 중. 급행열차를 눈앞에서 놓치고 다음 급행열차를 기다리는 짜증 나는 킬링타임이 시작됐다. 그때 유튜브를 켠다. 문명특급에 새 영상이 떴다는 알림이 왔다. 터치하자 광고가 15초 동안 재생된다. 15초가 15분처럼 느껴지고 스킵 버튼이 나타나지 않아서 조금씩 짜증이 밀려온다. 광고 때문에 영상을 끄려는 찰나에 마침 보려던 영상이 재생된다. 이왕 광고까지 본 거 계속 보자는 생각이 든다. 그런 상황에서도 이 모든 짜증을 감수하고 볼 만한 가치가 있는지 고민해보는 것이다. 지옥철에서 문명특급을 보는 시간만큼은 빠르게 흘러가도록 돕고 싶다. 그런 상황에 처한 시청자가 나라고 생각하면 정말 더 치열하게 콘텐츠를 제작하게 된다. 남의 시간에는 관심이 없지만 내 시간은 절대 낭비하고 싶지 않기 때문이다.

이렇게 나를 위해서 이기적으로 일하다 보면 서서히 내 강점이 보인다. 고백하자면 나는 케이팝에 무지한 사람이었다. 나에게 아이돌은 보아와 브라운아이드걸스가 마지막이었다. 그런데 어떤 아이돌 팀에서 출연 요청이 들어왔다. 솔직히 말해서 나는 그 팀에 대해 아는 정보가 거의 없었다. 나를 위해서라도 좀 더 깊게 그 그룹에 대해 탐색해야 할 필요를 느꼈다.

멤버 한 명 한 명에 대한 캐릭터를 더 또렷하게 만들어야겠다는 생각이 들었다. 내가 만약 이 콘텐츠를 본다면 그 아이돌에 대한 정보가 없기 때문에 영상을 끝까지 보지 않을 것 같았다. 콘텐츠를 끝까지 시청하게 만들기 위해 그 아이돌과 사담을 나누며 웃고 떠들기만 한다면 영상을 보고 난 후 남는 게 없을 것 같았다. 그래서 〈컴백맛집〉이라는 기획을 하게 됐다. 연예 정보 프로그램처럼 아이돌의 컴백을 정보성으로 다루는 '교양' 한 스푼, 유쾌한 분위기로 콘텐츠를 즐길 수 있는 '예능' 한 스푼을 넣었다. 교양과 예능 사이를 저울질하는 방식으로 연출하고 싶었다.

그래서 우리 팀끼리는 이런 흐릿한 정체성을 '시사교능'이라고 정의 내렸다. 〈컴백맛집〉이라는 기획은 꽤 좋은 반응을 얻었다. 아이돌에 대한 정확한 정보과 캐릭터를 살리는 재미 두 가지가 모두 느껴진다는 피드백을 얻었다. 우리가 고민했던 지점이 잘 전달된 것이다. 그리고 내 강점은 이런 '시사교능'적인 프로그램을 연출하는 거라고 믿고 그쪽으로 역량을 키워보고 있다.

내가 특정 아이돌의 팬들만을 위한 콘텐츠를 제작했다면 '아이돌에 대한 정보 전달'이라는 연출은 넣지 않았을 것이다. 팬들은 이미 많은 정보를 알고 있을 테니까. 그렇다고 해서 이 아이돌을 모르는 시청자들에게도 알리고 싶은 '선한' 마음이 가득해서 제작한 것도 아니다. 정말 단순하게 아이돌에 무지했던 나를 위해 넣은 연출이다. 나는 우리 프로그램을 보면서 실제로 다양한 아이돌들이 발매한 곡에 대해 알게 됐고, 실력 있는 아이돌 멤버들이 아주 많다는 것도 알게 됐다. 아이돌에 대해 알아가며 콘텐츠를 제작하는 시간이 나에게 아주 유익했다. 덕분에 〈컴백맛집〉도 시청자들에게 좋은 반응을 얻었고, 내 강점도 찾게 됐다.

윗세대는 사회생활을 할 때 개인의 이기심은 나쁘고 숨겨야 하는 거라고만 말한다. 하지만 각각의 개인이 가진 이기심을 긍정적으로 발현할 수 있는 방법이 무엇인지에 대한 토의도 이루어졌으면 좋겠다. 팀원들은 자기가 원하는 목표나 이익을 적극적으로 어필하고, 회사나 팀은 그것을 팀원의 성취감을 높이는 도구로 활용해야 한다. 좀 이기적으로 일하면 어떤가. 그로 인해 새로운 대안이 나온다면 개이득인데.

시작은
생각보다
호락호락하다

—

학교를 다니면서 나를 늘 괴롭혔던 건 '첫 시작'이었다.
내가 느끼기에 학교는 처음으로 무언가 시작하기에 좋은 환
경은 아니다. 걸음마를 떼려면 몇 날 며칠은 넘어지고 휘청
거려야 하는 게 당연하지 않은가. 하지만 학교라는 울타리
안에서는 들어서자마자 내딛는 발걸음을 처음부터 잘해야
한다는 걸 배웠고, 나는 그게 늘 마음에 들지 않았다.

그러다가 중학교 3학년 때 갑자기 친구들이 외고 준비
를 시작했다. 가만히 있는 나만 괜히 이상한 학생이 된 것 같
았다. 학교가 끝나도 친구들은 다 외고 준비 학원으로 직행
해서 같이 놀 사람도 없어졌다. 분위기에 휩쓸려서 나도 그
학원에 상담을 받으러 갔다. 학원 상담 선생님은 나에게 좋

은 대학에 붙으려면 고등학교부터 좋은 곳으로 가야 한다고 했다. 첫 단추를 잘 꿰어야 좋은 대학에 간다고. 일반고를 가서 좋은 대학에 진학할 수도 있지만 그렇게 되면 대학에 가서 외고에 나온 친구들만 뭉쳐서 놀기 때문에 일반고 출신인 게 꼬리표처럼 따라다닌다고 했다(지금 생각하면 아주 웃기는 얘기다). 그러더니 6폰트 크기로 빽빽하게 채워진 시간표를 보여주며 외고에 입학하려면 새벽 1시까지 학원에 남아 공부해야 한다고 했다.

상담이 끝나고 엄마는 나에게 그냥 집에서 잠이나 자라고 하셨다. 이런 면에선 엄마 말을 잘 듣기 때문에 나는 집에서 잠을 굉장히 많이 잤다. 그 시각 친구들은 대학에 갈 첫 단추를 잘 꿰기 위해 외고 입시반 준비를 했다. 학교 수업 시간에도 외고 시험을 공부하고 수학 시간에 영어 듣기 학원 숙제를 하는 친구도 있었다.

그렇게 중학교 졸업을 앞두고, 외고에 진학하게 된 친구들의 이름은 정문 플랜카드에 걸렸다. 그들은 이미 서울대 진학은 따놓은 당상인 듯 축하를 받았고 일반고에 진학한 내 이름은 아쉽게도 플랜카드에 없었다. 나도 똑같이 공부하러 고등학교에 가는데 왜 외고에 간 친구들만 응원을 해주냐 이 말이다. 나는 학교가 바라던 인재가 아니었나 보다.

이제 막 고등학생이 된 사람들은 사회생활의 평탄한 시작을 위해 좋은 대학에 붙어야 하는 임무를 부여받는다. 특목고에 진학하는 이유가 좋은 대학에 가기 위해서인 것처럼, 좋은 대학을 가야 하는 이유는 좋은 직장에 들어가기 위해서다. 그러니까 3~4년 뒤 펼쳐질 미래의 내 모습을 위해 현재를 만들어놓으라는 거다. 나 또한 '대학이 인생을 좌우한다'는 문구를 지겹도록 보면서 공부했다. 어떻게 어디까지 좌우하는지는 모르겠지만 어른들이 그렇다고 하니 알겠다고 해야지 어쩌겠는가.

그런 슬로건 밑에서 공부하고 수능을 치르고 나니 인생무상을 느꼈다. 원하는 대학에 진학하는 걸 실패했더니 12년 동안의 내 학창 시절을 부정당하는 기분이 들었다. 19년 중 12년을 학교에서 보냈으니 인생을 바쳤다고 말해도 과언이 아닌 곳에서, 내가 끝내 얻은 건 수능 성적표와 불합격 통보였다.

근데 이놈의 학교는 왜 이렇게 플랜카드에 집착을 하는지, 또 걸려 있었다. "서울대학교 입학 ○○○, △△△, ◇◇◇ 외 10명 축하합니다." 그들은 이미 굴지의 대기업 임원이 된 것마냥 축하를 받았다. 또 내 이름은 걸어주지 않았다. 나도 딱히 플랜카드에 내 이름을 새기고 싶다는 게 아니라, 왜 사람을 중학교 때부터 지속적으로 차별하느냐 이 말이다. 잘난 놈의 시작만 응원하면 그게 큰 의미가 있나. 나같이 좀 후지게 시작하는 학생들의 건투를 더 빌어줘야 할 거 아닌가. 나라도 "무탈하게 수능을 치른 홍민지 외 500명 축하합니다"라고 한 켠에 걸어둘걸, 그러지도 못하고 쓸쓸하게 졸업했다.

좋은 대학에서 인생을 시작해야 한다는 강박은 대학생이 되자 좋은 직장에 입사해야 한다는 강박으로 직결됐다. 사회인으로 첫발을 내딛는데 멋들어진 명함 정도는 갖고 시작해야 한다는 거다. 그래서 대기업 인적성을 공부해야 했다. 마치 또 수능 공부를 하듯 도서관에 틀어박혀 문제집을 풀었다. 왜 인적성을 공부해야 하는지는 모르겠지만, 이걸 안 하면 사회에 나가서 기본적인 인성을 갖추지 못하고 자신의 적성이 뭔지도 모르는 사람 취급을 받을 것 같았다.

자기소개서 첨삭을 하고 면접 스터디를 한다. 평생 입어본 적도 없는 검은색 정장을 입고 머리카락은 단정하게 묶는다. 면접 스터디 팀원들은 옆머리를 깔끔하게 올리는 게 좋겠다고 조언해줬고 덕분에 나는 아주 부자연스러운 나로 다시 태어났다. 그렇게 애를 쓰면서 나를 버리고 들어간 대기업 면접에서 나는 또 최종적으로 탈락했다. 이제 사회에서 영원히 낙오됐다고 생각했다.

그때 SBS 뉴미디어국에서 인턴 채용 공고가 올라왔다. 내가 쌓아야 하는 스펙과는 전혀 관련이 없었지만 가벼운 마음으로 지원했다. 어쩌다 인턴에 합격했는데 솔직히 말하자면 인턴보다는 대학생 아르바이트에 가까웠다. 그래도 오랜만에 합격이라는 글자를 본 직후라 신나게 일했다. 그런데 방송 콘텐츠를 만드는 작업이 적성에 매우 맞았다. 정말 우연하고 가볍게 시작한 일이 내 적성을 찾게 된 큰 결과로 이어졌다.

사회에 나와 일하면서 느낀 건, 시작은 생각보다 호락호락하다는 거다. 처음은 무조건 근사해야 한다는 강박을 버리면 내가 할 수 있는 일의 범위가 훨씬 넓어진다. 대학생 때까지는 좋은 운동화를 신어야만 경주에 참여할 자격이 주어진다고 생각했다. 맨발로 가면 입장권도 안 주는 줄 알았다. 경주에 가까스로 참여하더라도 사람들이 나를 손가락질할 거라고 생각하며 겁먹었다. 그런데 입장권을 안 주면 한켠에서 나만의 트랙을 만들어서 뛰면 된다. 사람들이 손가락질하면 옆은 보지 말고 앞만 보고 뛰면 그만이다. 이걸 알고 나니 하찮은 시작을 맞이한 나를 응원하게 됐다.

그래서 나는 무엇이든 좀 헐렁하게 시작하는 사람이 되고 싶다. 시작이 하찮다고 결과까지 하찮은 건 아니니까. 좋

은 운동화 없이도 맨발로 가볍게 출발선에 서는 일에 더 익
숙해졌으면 한다. 밟혀서 때가 탈 운동화가 없어서 그런지
용감해진다.

앞으로도 남들이 '왜 저런 걸 하지?'라고 여기는 일들을
그냥 할 거다. 끝에 끝에만 살아남으면 되는 거지 처음부터
멋있을 필요는 없다. 작고 하찮고 허접하게 무언가를 시작하
는 사람에게 동정보다 용기를 주었으면 좋겠다. 그러니까 시
작을 앞둔 사람이 곁에 있다면 좀 호락호락해도 괜찮다고 말
해주면 좋겠다.

마이너에겐
실패할
권리가 있다

—

　문방구에서 팔던 고무동력기 만들기 세트를 기억하는 가. 내가 다니던 초등학교에서는 방학이 끝나는 시기마다 고무동력기 대회를 개최했다. 나는 유독 그 대회에 매우 진심이었다. 그래서 방학 내내 고무동력기를 만들었다. 하지만 열정에 비해 성적은 저조했다. 내가 만든 고무동력기는 남들보다 빠르고 강력하게 바닥에 꽂혔다. 날개가 찢겨 준결승에는 올라가보지 못했다.

　6학년이 되자 고무동력기 대회에 나갈 수 있는 마지막 기회라는 생각에 이번에는 정말 잘해보고 싶은 마음이 절실했다. 이제까지 실패한 이유는 값싼 고무동력기 세트 탓이라고 생각했던 나는 엄마에게 좀 더 비싼 고무동력기를 사달라고 간청했다. 내 기억엔 문구점에서 2천 원짜리와 만 원에 육박하는 고무동력기 두 종류를 팔았던 것 같다. 엄마는 나에게 쓸데없이 돈 쓰지 말라며 2천 원을 주셨다.

우승은 항상 비싼 고무동력기 세트를 사서 만든 친구들의 몫이었다. 나도 같은 품질의 고무동력기로 겨루고 싶었다. 하지만 엄마에게 받은 돈으로는 그들과 동등한 출발선에서 시작할 수 없었다. 그게 아주 억울하고 분했다. 엄마에게 엄청나게 섭섭했다. 내 목표는 대회에서 우승하는 것이었는데….

하지만 반대로 엄마 입장에서 생각해보면 만 원짜리 고무동력기는 무의미한 소비다. 성적에 반영되는 대회도 아니고, 우승자에게 상금이 있는 것도 아니다. 운동장 한 켠에서 펼쳐지는 그들만의 리그, 살짝 민망한 규모의 대회다. 그저 담임 선생님에게 우리 딸이 방학을 잘 보냈다는 증명 정도가 될 것이다. 고무동력기 대회보다는 수학 경시대회에서 1등을 하는 편이 이득이다. 방학 동안 고무동력기를 만들며 시간을 쓰기보단 수학 학원에 가서 한 문제라도 더 풀어보는 것이 생산적인 일이다. 엄마 친구 딸은 벌써 중학교 3학년 수학까지 선행 학습 중이라는데 학원 숙제도 미루며 고무동력기에 집착하는 내 딸이 안타깝기도 할 것이다. 엄마가 왜 그러셨는지 이제 알겠다. 어른들의 기준에서 내린 합리적인 판단이었다.

생뚱맞게 고무동력기 이야기를 꺼낸 이유는 '뉴미디어의 주축이 왜 90년대생인가?'라는 물음에 대한 답이 그 시절에 내가 느낀 감정과 매우 비슷하기 때문이다. 2015년 초반에 뉴미디어업계는 2천 원짜리 고무동력기가 필요했다. 뉴미디어는 그들만의 리그, 살짝 민망한 규모의 아류 미디어 같은 것이었다. 사업성이 보장되지 않고 뉴미디어를 경험한 경력자도 전무했다. 선례가 없는 팀이기에 적은 돈으로 열정을 갖고 도전할 수 있는 인력이 필요했을 뿐이다.

그러다 보니 회사 입장에서는 사회에 나가기 직전의, 아직 대학교를 졸업하지 않은 90년대생을 인턴으로 채용하는 것이 가장 적절했다. 취직을 위해서라면 뭔들 마다하지 않는 패기도 있고, 적은 월급을 받아도 참아낼 사회초년생의 순수함도 있기에. 이런 이유로 뉴미디어업계에서 인턴으로 일하게 된 나는 어릴 때 엄마에게 느낀 섭섭함과 같은 감정을 또다시 느꼈다.

나는 뉴미디어에 진심인데 모두 그만두라고 했다. 생경한 업무이다 보니 다른 곳에 가서 경력으로 인정받기도 힘들고 다른 회사에 신입으로 입사할 때 도움이 될 만한 스펙 한 줄을 차지할 수도 없었다. 그냥 스쳐가는 버스 정류장 정도로 생각하며 일하라는 조언을 많이 들었다. 아무도 인정해주지 않는 이 업계의 경력을 쌓는 것보다는 젊었을 때 하루빨리 지상파 프로그램을 만드는 조연출이 되는 게 선배들의 기준에선 합리적인 판단이었다. 회사도 선배들의 입장도, 이제는 모두 이해가 간다.

다시 초등학생 시절로 돌아가서, 6학년이었던 나는 2천 원짜리 고무동력기 세트로 우승을 하겠다고 이를 갈았다. 꽤 친하게 지내던 문방구 사장님은 내 사정을 알고 수입 고무줄을 공짜로 주셨다. 덕분에 2천 원짜리지만 탄성이 좋은 고무줄을 장착할 수 있었다. 이걸로 이기려면 다른 애들보다 연습을 더 많이 해야 한다고 생각했다. 꽤 괜찮은 고무줄을 장착했어도 쉴 새 없이 날리다 보니 대회에 나가기도 전에 고무동력기가 망가져버렸다.

하지만 괜찮았다. 용돈으로 받은 5천 원으로 2천 원짜리 고무동력기를 또 하나 살 수 있었으니까. 두 번째로 만든 고무동력기는 전보다 더 균형감 있게 만들 수 있었다. 첫 번째 만든 고무동력기가 경험이 된 것이다. 그렇게 2천 원짜리로 고군분투하다 보니 나름 역량이 쌓였다.

이런 과정도 내가 뉴미디어에서 일하며 느낀 감정과 비슷하다. 분하고 억울한 만큼 나에겐 실패할 권리가 충분히 주어졌다. 실패해도 회사엔 큰 타격이 없고 혼을 내는 상급자도 없다. 매일 새로운 영상을 제작하며 기초 체력을 쌓았다. 아무 눈치도 보지 않고 내가 원하는 대로 거의 다 해봤다. 영상에 달린 댓글을 보며 시청자들이 어떤 부분에 거부감을 갖고 어떤 부분에 호응하는지 반응을 관찰할 수 있었다.

마치 오답노트 적듯이 시청자에게 받은 피드백을 기록해두었다. 다음 영상을 제작할 때는 시청자가 좋아했던 포인트를 더 살리고 지적받은 실수를 반복하지 않도록 노력했다. 회사가 요구하는 방향이 아니라 시청자가 원하는 방향으로 역량을 키워나갔다. 그러다 보니 척박한 뉴미디어에서 고군분투하는 젊은이들에게 도움이 되어주려 노력하는 선배들과 인연이 닿았다. 스승님이라고 부르는 선배도 생겼고, 내 건강을 우리 가족보다 걱정해주는 선배도 생겼고, 고민이 있다고 하면 바로 카페로 데려가 커피를 사 주는 선배도 생겼다. 나름 '뉴미디어에서 일해야만 얻을 수 있었던 이점들'이다.

처음 일을 시작할 때와 비교해보면 지금은 사정이 조금 나아졌다. 하지만 사회초년생들의 열정과 순수함에 기대고 있는 실정은 여전하다. 그렇게 빤히 보이는 상황을 마주하면 피가 거꾸로 솟는다. 그럼에도 왜 계속 뉴미디어에서 일하고 있느냐는 질문을 많이 받는다.

내가 계속 이곳에 남아 있는 이유는 아직 더 실패해보고 싶기 때문이다. 새롭게 시도해보고 싶은 콘텐츠들이 많다. 회사가 나의 젊음을 이용하듯 나도 회사를 이용하기로 했다. 부담 없이 실패하고 마음껏 도전할 것이다. 선례도 없고 선배도 없으니 누가 뭐라 할 것인가. 2천 원짜리 고무동력기로 실패도 마음껏 해보고 차근차근 기본기를 쌓다 보면, 나중에 만 원짜리 고무동력기가 손에 쥐어졌을 때 누구보다 더 잘 날리지 않을까.

워라밸의
기준은
스스로 정한다

—

아침에 눈을 뜨고 샤워를 하고 회사에 간다.
밤이 되면 가방을 챙겨서 택시를 타고 집에 온다.

지난 5년을 돌이켜보면 이 기억밖에 없다. 사적인 일상
을 포기하고 월요일부터 일요일까지 주 7일 근무를 했다. 촬
영이 없는 날엔 12시간 넘게 움직이지도 않고 편집만 했다.
안경을 써도 불편할 만큼 시력이 나빠졌고 운동 부족으로 허
리 디스크가 왔다. 아마 회사는 어리둥절했을 것이다. 이렇
게까지 하라고 시킨 적이 없을 뿐더러 근무 시간을 줄이라고
까지 했으니 말이다.

나는 운동선수가 되어본 적은 없지만 마음은 좀 알겠다.

대회에 나가기 위해 어마어마한 훈련을 소화하는 그들처럼 나도 훈련을 거듭해야 영상 한 편을 겨우 만들어낼 수 있었으니까. 일하는 과정을 훈련과 연습이라고 생각했기 때문에 끝없이 했다.

실력이 늘면 일하는 시간이 줄어들 것이라고 믿었다. 하지만, 여기서 뜨개질의 비유를 들어보자. 처음에는 가장 간단한 안뜨기로만 목도리를 떴다. 그러다 보니 목도리에 꽈배기도 넣고 싶어졌다. 그다음부터는 방울도 하나 더 달아보고 싶고 색깔도 다양하게 넣어보고 싶지 않은가. 그렇게 숙달되다 보면 목도리를 만드는 시간은 줄어드는 게 아니라 오히려 늘어난다. 내 역량이 증가하는 만큼 시야가 넓어지므로 도전해보고 싶은 것이 더 많아지면서 결론적으로 일하는 양은 결코 줄어들지 않는다.

받는 만큼 일하고자 했다면 진작에 회사를 관뒀어야 했다. 워라밸을 원했다면 결과물의 질을 낮춰야 했다. 하지만 그런 외부적인 요인으로 당장 내가 하고 일을 놓아버리고 싶지 않았다. 도대체 무엇을 위해 이렇게 일하는 걸까. 재재 언니와 당시 팀원이었던 야니랑 진지하게 얘기해본 적이 있다. 우리는 받는 것도 없이 왜 이렇게 열심히 하지?

우리 모두 같은 이유였다. 과정이 즐거우니까. 다 때려치우고 싶다가도 아이디어 회의를 하다가 배를 잡고 웃는다. 야니가 "언니, 유키스 〈만만하니〉의 킬링 파트는 이거예요! 여우 같은 걸, 움~롸!"라며 무대를 보여줬다. 재재 언니는 그걸 보더니 바로 따라 했다. 회의를 하며 깔깔거렸던 그 분위기는 그대로 촬영까지 이어졌다. 수현OPPA에게 '여우 같은 걸'의 비하인드를 들으며 현장에서도 얼마나 웃었는지 모른다.

과정이 이렇게 재미있으니 편집은 더 재미있게 하고 싶은 욕심이 생겼다. 밤새 편집을 해도 시간 가는 줄 모를 정도로 즐거웠다. 가장 웃긴 타이밍을 찾아내기 위해 연구하는 내 자신도 웃겼다. 회의부터 편집까지 깔깔지게 웃으며 완성된 영상은 시청자에게 고스란히 전해졌고 반응도 우리와 같았다. 이제까지 본 영상 중 가장 웃기다는 댓글들이 달렸다. 그런 반응을 보면 월급이나 워라밸보다 더 큰 보상을 받는 것 같다. 그 감정에 취해서 다음 영상에 또 나를 갈아 넣게 된다. 프로그램을 만드는 모든 날이 즐겁지는 않지만 대부분의 날이 즐겁다.

그렇다면 나만 즐겁다고 이렇게 일해도 되는 것인가. 혼자서 일할 땐 몰랐지만 팀이 생기니 나의 이런 태도가 동료들에게 피해를 줄 수 있다는 걸 알았다. 팀원들이 나처럼 변해가고 있었다. 내가 시키지도 않았는데 이것만 끝내고 집에 가겠다면서 저녁 8시까지 편집을 하더니 다음 날에는 9시까지 하고 그다음 날에는 11시까지 하고, 그러더니 밤 12시까지 하는 게 마치 평균처럼 되었다. 제발 퇴근하라고 해도 꼼짝을 안 했다.

아차 싶었다. 내가 하는 모습을 보고 후배들도 똑같이 하는 거였다. 잘 만들고 싶은 욕심에 아무도 시키지 않았지만 스스로 훈련하는 걸 누구보다 내가 가장 잘 알기 때문에 강하게 막지는 못하겠다. 그들은 자신의 한계를 깨나가는 중이니까.

하지만 내가 아끼는 사람들이 저렇게 일하는 걸 보니 건강도 걱정되고, 받는 월급에 비해 무리하게 일하는 것 같아 내가 대신 억울하기도 했다. 그래서 먼저 자리에서 일어나기로 했다. 더 할 수 있지만 어느 선까지 기준을 세워두고 포기하기로 했다. 근무 시간을 지킬 수 있도록 문명특급의 콘텐츠 개수도 줄였다. 아이디어가 많아도 일부러 이야기하지 않았다. 편집팀의 근무 시간을 지켜주기 위해 "해보자" 대신 "하지 말자"는 말을 먼저 하게 되었다.

그래서였을까, 프로그램의 신선함이 떨어졌다. 시청자

들의 아쉬움은 커졌고 나의 성과는 줄었다. 하지만 우리 팀의 워라밸은 전보다 더 나아졌다. 둘 다 얻게 된다면 좋겠지만 그것 자체가 욕심이란 걸 이젠 안다.

목표를 이루기 위해 어디까지 열심히 일해야 하는가. 전부를 걸고 싶기도 하고 너무 열심히 하면 안 될 것 같기도 하다. 그 선을 찾는 게 참 어렵다. 10년 전엔 아프니까 청춘인 거라고 열정을 다 바치라 했고, 지금은 청춘에게 아프지 말라며 모두 내려놓으라고 한다. 나는 예전부터 청춘들에게 어느 한 가지 면만 바라보게 하는 것이 마음에 들지 않았다.

꼭 두 가지의 방식 중 하나만 선택해야 하는 건 아니다. 두 지점 사이를 왔다 갔다 하면서 살아도 된다. 청춘을 다 바쳐 살다가도 어느 순간 뚝 끊고 휴식을 취하다가 충전이 끝나거든 다시 열심히 살면 된다. 어느 한쪽만 극단적으로 추구하라는 조언은 실질적으로 도움이 되지 않는다. 오히려 두 지점 사이의 균형감이 필요하다. 그래야 실패했을 때 타격이 덜하니까.

장애물에 걸려 주저앉아 있다고 해서 다시 일어설 때까지 마냥 기다려주는 친절을 기대할 순 없다. '지켜야 할 선은 여기'라고 정확히 알려줄 사람도 없고 어디서나 모든 상황에 대입되는 정답 같은 것도 없다. 각자가 고유하게 지닌 페이스로 지속가능한 리듬을 찾아가야 한다. 얼마나, 어디까지, 어느 정도의 양으로 열심히 일해야 하는지 스스로 시험해봐야 안다.

나는 열두 달 중에 3개월은 열심히 일하고 3개월은 좀 설렁설렁하는 식으로 시소 타듯 중심을 잡고 있다. 그러니까 3개월 정도는 성과를 내지 못하더라도 일단 나부터 나를 용서하는 거다. 3개월이 지나면 일에만 집중할 거니까. 그러다가 퍼지면 쉬는 기간을 늘여보기도 하고. 치고 빠지기만 잘하면 반은 이긴 거다.

일과 나의
교집합을
찾는다
—

카메라 앞에 서는 것을 좋아하는 사람과 꺼리는 사람 중, 당연히 나는 후자다. 카메라가 내 앞에 있으면 정말 어찌할 바를 모르겠다. 여행을 가도 주로 풍경 사진을 찍고 내 사진은 찍지 않는 편이다.

중학생 시절, 나와 가장 친한 친구들은 쉬는 시간마다 사물함 앞에서 동방신기의 〈라이징 선〉과 보아의 〈걸스 온 탑〉을 췄다. 사물함 앞에서 춤을 추는 학생과 절대 안 추는 사람 중 나는 그때도 후자였다. 옆에서 그냥 구경만 했다. 춤이나 노래를 하고자 하는 욕구가 전혀 없어서, 쉬는 시간마다 땀을 뻘뻘 흘리며 춤을 추는 친구들이 정말 신기했다.

어느 날 친구가 자신이 춘 춤을 모니터링(?)해야겠다며 초콜릿폰으로 영상을 찍어달라고 해서, 늘상 구경꾼 역할을 하던 나는 영상 촬영 업무를 부여받았다. 친구들의 춤이 더 잘 보이도록 넓게 풀샷으로도 잡아보고, 표정이 웃기면 얼굴을 더 가까이 잡아보고, 춤에 동선이 있으면 카메라 워킹도 하게 됐다. 사물함 앞이 너무 단조로워서 장소도 이곳저곳 옮겨 다니며 친구들에게 춤을 추라고 시켰다. 구경꾼 역할보다 훨씬 재미있었고 꽤 적성에 맞는 역할이었다.

지금 내가 하는 일을 좋아하는 이유는 중학교 때의 내 모습이 나오기 때문이다. 아무 생각 없이 친구들과 놀았던 그때의 감정을 지금 이 일을 하며 느낀다. 친구들을 찍어주며 좋아했던 것처럼 출연자를 찍는 동안 행복하다. 내가 주목받는 것보다 친구들이 주목받는 것을 좋아했던 중학교 시절의 나처럼 출연자가 우리 프로그램으로 인해 주목받을 때 행복하다. 카메라 앞에 서는 것을 꺼리고 주목받는 것을 싫어하는 나 같은 사람이 하기에 적당한 일이다.

이런 개인적인 특성은 특히 이 일을 할 때 유용하게 쓰인다. 연출을 맡는 PD가 주목받는 것을 좋아하면 상당히 난감해진다. 주목받는 것을 좋아하는 어떤 감독을 만난 적이 있다. 그는 한 출연자를 거론하며 푸념했다.

"그 캐릭터 내가 만들었는데, 나한테 고맙다는 말도 안 하더라. 내가 이 프로그램을 만들어서 저 친구가 뜬 건데."

그는 출연자에게 스포트라이트가 쏟아지면 배가 아프고, 자신에게 공이 돌아오기를 바라는 타입이었다. 나는 속으로, 연출자는 누군가를 온전히 주목받게 만들어주고 대가를 바라지 않아야 주변 사람들이 피곤하지 않겠구나 그런 생각을 했다. 그리고 다행히 나에겐 매우 쉬운 일이었다.

나를 포함한 대부분은 학교나 직장에서 중심에 설 기회가 거의 없다. 발표자로 나서거나 발언권이 주어진다 해도, 그 자리에 서기까지 오롯하게 혼자의 힘만으로 이루어진 것이 아니다. 내가 기여한 몫도 있는데 주목받지 못한다고 해서 서글퍼할 필요는 없다. 반대로 내 머리 위에만 스포트라이트가 떨어진다고 해서 으스댈 필요도 없다.

중간점검을 해봤을 때, 이 직업은 내가 기본적으로 가진 성질과 잘 맞다. 이 일을 하기 위해 내가 가진 원래의 모습을 억지로 바꿔야 하는 경우가 없어서 스트레스가 크지 않다. 그러니 앞으로 5년은 더 해볼 수 있을 것 같다. 내가 좋아하는 일을 업으로 삼을 수 있다는 건 큰 행운이다. 그런데 이제 나는 다음 단계로 넘어가야 한다는 것을 느낀다. 좋아하는 일만 하며 살던 행운을 누렸으니 이제 싫어하는 일도 끼워넣어야 한다.

내가 싫어하는 일은 돈에 관련된 것이다. 돈을 벌거나 쓰는 일에는 도무지 관심이 없다. 가방은 나에게 물건을 담는 보자기 같은 개념이고 지갑은 카드를 잃어버리지 않게 담는 주머니 같은 개념이다. 그래서 비싼 가방이나 지갑을 사느라 돈을 쓸 일도 없다. 술은 싫어하기 때문에 술값도 들지 않고 식욕도 딱히 왕성하지 않아서 식비가 많이 나가지 않는다. 집도 내 한 몸 누울 자리만 있으면 만족하는 편이라 큰 집에 대한 로망도 없다.

갑자기 이런 이야기를 한 이유는 내가 프로그램도 이런 마인드로 이끌어가고 있었기 때문이다. 처음부터 문명특급 자체가 돈을 버는 일엔 관심이 없었다. 함께 일하는 팀원들에게 좋은 환경을 조성해줄 수 있는 유일한 방법은 돈인데 모르쇠로 일관해왔다. 돈을 벌어야 제작비도 더 많이 쓸 수 있고 좋은 카메라도 빌릴 수 있고 좋은 스튜디오도 마련할 수 있다. 돈이 있어야 더 많은 팀원들을 채용할 수 있고 노동 강도도 개선할 수 있다. 돈이 남아야 팀원들에게 더 맛있는 식사를 챙겨줄 수 있다.

이제부터는 돈 때문에 못 했던 일들을 해결하기 위해 프로그램이 이익을 낼 수 있도록 힘써보려고 한다. 광고주와 적극적으로 소통도 하고, PPL을 넣을 자리도 광고주의 마음에 쏙 들게 마련할 것이다. 그러면서도 시청자에게 거슬리지 않아야 할 텐데, 돈 벌기가 정말 어렵다.

적성에 맞는 일을 하면 마냥 즐거울 거라고 생각했다. 하지만 내가 싫어하거나 잘 못하는 일도 해야만 하는 순간이 온다. 그럼에도 싫어하는 일도 꾹 참고 하는 것은 애초에 좋아서 시작한 일이기 때문이다. 중학생 때 순수한 마음으로 사물함 앞에서 친구들의 춤을 찍던 내 모습을 잃지 않은 채로 현실과 타협하고 싶다. 좋아하는 일과 싫어도 억지로 하는 일을 단짠단짠으로 섞어서 버무리며 일하고 싶은데 황금 비율은 어느 정도일까. 앞으로 남은 5년 동안은 그 비율을 찾아내는 것을 목표로 일을 해봐야겠다. 좋아하는 일이 통째로 싫어지는 순간이 오지 않도록.

복수의 기회는
반드시
있(을 것이)다

—

　스승의 날마다 생각나는 사람이 있다. 그는 현재까지의 내 인생에서 가장 큰 가르침을 주었다. 그를 만난 건 내가 대학교 3학년이었을 때다. 당시 나는 촬영장에서 한 시간에 7,500원을 받고, 영어로 소통하는 외국인 모델과 스태프들 사이에서 통역을 해주는 아르바이트를 했다.

　외국인 모델들은 주로 20대 초반으로 그때의 나와 동년배였다. 그중에서 독일에서 온 모델인 케이트(가명)와 촬영장에서 자주 만났다. 그러다 보니 자연스럽게 친해져 친구처럼 지내게 됐다. 그는 아시아에서 잠시 활동하기 위해 왔는데 한국이 너무 좋아서 일본으로 넘어가지 않고 한국에서 몇 달 더 일할 거라고 얘기했다.

어느 날 케이트와 나는 의류 화보 촬영장에서 다시 만났다. 스튜디오에 들어서자 그날 촬영을 맡은 감독의 호탕한 웃음소리가 울려 퍼졌다. 그 감독은 케이트를 보더니 대뜸 말했다. "오! 애야?"

통역을 맡은 입장에서 감독의 말투를 주의 깊게 들을 수밖에 없었는데, 그 짧은 한마디 속에서 어마어마한 무례함이 느껴졌다. 본인은 호탕함으로 포장한 기개 넘치는 첫인사였으리라. 첫마디부터 나는 앞으로의 촬영이 어떻게 진행될 것인지 본능적으로 느꼈지만 "Hi"라고 통역했다.

케이트는 나름 한국 문화를 존중하며 공손하게 인사하고 촬영을 준비하기 위해 메이크업실로 들어갔다. 나는 밖에서 대기하고 있었는데 그동안 감독과 스태프의 대화를 들어 버렸다. 듣고 싶지 않았는데 워낙 크게 말해서. "외국 애 오니까 확 살잖아!"

도대체 어디부터 어디까지 잘못된 것인지 지적하고 싶어도 시작점조차 찾을 수가 없는 사람이었다. 케이트는 한국말을 알아듣지 못하는데도 나는 왠지 이 대화가 메이크업실까지 흘러 들어갈까 봐 조마조마했다. 그렇지만 그 후로 벌어질 일들에 비하면 이건 정말 먼지만 한 무례함에 불과했다. 이제 나의 반면교사님께서 하셨던 만행을 계속 얘기해보겠다.

케이트의 준비가 끝나고 본격적인 화보 촬영에 들어가자 껄렁하게 카메라를 든 감독이 나에게 물었다. "어디 애야?" 아… 진짜 패고 싶었는데 내가 물주먹이라서 참았다. 당신의 질문이 잘못됐다는 것을 알려주고자, 어느 나라 사람이냐고 물어보신 거냐고 정정해서 되물었다. 그랬더니 대답도 없이 눈썹을 까딱 올렸다. 그 순간 내가 지닌 물주먹으로라도 쥐어 패고 싶은 마음이 불쑥 솟았다. 꾹 참고, 독일 사람이라고 대답했더니 하는 말이. "러시아 애인 줄 알았는데?!"

끝까지 '애'라고 부르는 그의 발랄한 무식함에 왠지 모르게 부끄러워져서 숨고 싶었지만 쥐구멍이 보이지 않았다. 케이트의 손을 이끌고 집에 가고 싶은 생각뿐이었다. 통역 알바 6개월 차에 처음 만난 극강의 빌런이었다. 촬영이 이루어지는 동안 감독이 했던 모든 말들이 문제적이었다. 그렇지만 나는 학생에 불과했고 케이트의 일에 책임을 질 수 없었기에 참고 넘겼다. 다른 발언들은 내가 어찌저찌 돌려서 통역했다. 그런데 정말 도저히 통역을 못 하겠던 말이 있다.

"A컵이야? 가슴 좀 모으라 그래."

심장이 빠르게 뛰었다. 케이트가 들었을까 걱정이 됐다. 그 감독은 모델을 상품이나 인형으로 생각을 하고 있는 것 같았다. 아니, 나는 확신했다. 그는 모델을 자신과 동등한 한 명의 사람으로 대하지 않는 것이 분명했다. 아무 말 못 하고 있는 나를 보며 감독은 빨리 통역하라는 듯 눈썹을 까딱 올렸다. 내가 빨리 이 말을 옮기지 않는다면 감독은 더 조악하고 무례하게 표현할 것 같았다. 조금 망설이던 나는 감독의 쓰레기를 이렇게 치우고 말았다. "자켓의 실루엣을 더 잘 표현할 수 있는 포즈를 부탁합니다."

케이트는 포즈를 잘해냈다. 이다음에도 비슷한 상황이 계속해서 들이닥쳤고 책의 수위 조절을 위해서 더 이상 이야기하지 않겠다. 처음처럼, 감독의 호탕한 웃음소리와 함께 촬영은 마무리가 됐다. 진이 다 빠진 나는 화장을 지우러 간 케이트를 밖에서 기다렸다. 당장에 촬영을 엎어버리지 못한 내 입장이 너무 하찮아 보이고 이 상황이 너무 분해서 눈앞이 하얬던 것 같다.

밖으로 나온 케이트에게 애써 웃으며 이제 퇴근하자고 얘기하자 그는 이렇게 말했다. "민지야, 내가 한국말을 모르지만 느낄 수는 있어. 이 감독 정말 엉망이었지?" 난 할 말을 완벽히 잃었다. 당장 내가 신고 있던 슬리퍼를 벗어, 담배를 피우고 들어오는 감독의 뺨싸대기를 날리고 싶었다.

"응… 정말 쓰레기 같은 놈이야."
"난 괜찮아. 더 이상한 사람도 많이 봤거든."

케이트는 오히려 나를 위로해주었다. 칼날 같은 무례함에 굳은살이 박이는 쪽은 케이트인데도.

사회에 진출하기 전인 대학 시절에 이 감독을 만난 것은 나로서는 정말 행운이다. 촬영장에서 어떤 연출자가 되어야 할지 깊게 생각해볼 수 있는 기회를 줬다. (물론 현장에서 이런 감독은 많지 않다. 오히려 좋은 감독과 스태프들이 더 많았다.) 문명특급 촬영장을 나설 때 스태프들과 출연자들이 '오늘 촬영 즐거웠어'라고 생각해주길 바란다. 현장에 있던 모든 사람에게 좋은 기억을 남겨주는 것이 내가 해야 할 역할이기도 하니까.

그럼에도, 그때 그 감독에게는 내가 언젠가 복수할 거다. 어떤 방식으로 갚아줄 거냐면, 내가 더 능력을 키워서 당신 같은 태도로 일하는 사람들의 일자리를 뺏을 거다. 당신의 이름과 얼굴이 기억나지 않기 때문에 당신 같은 사람들의 일자리를 모두 뺏어야 그중에 당신 한 명이 걸릴 테니까. 좀 오래 걸리겠지만 그래도 나의 숙원 사업으로 진행할 것이다.

내놓은
자식에겐
위아래가 없다

—

스브스뉴스팀의 첫 번째 슬로건은 'SBS에서 내놓은 자
식들'이었다. 진짜로 내놓은 자식이 돼가는 것 같아서 우리
는 슬로건을 바꾸기로 했다. 회의 중에 한 팀원이 '뉴스는 위
아래가 없다'는 슬로건을 던졌다. 우리 팀이 추구하는 방향
과 딱 맞았다. 만장일치로 슬로건을 바꿨다.

이 소식을 들은 상사들은 그리 달가워하지 않았다. '위
아래'라는 말이 너무 버릇없어 보인다고 '아래위' 정도로 바
꾸라는 의견도 있었다. 하지만 우리는 상사들의 의견에 위아
래 없이 답했다.

"죄송한데 '아래위' 정말 별로고요, 그냥 이걸로 할게요^_^"

우리의 답변을 들은 상사들의 반응은?

"아래위 별로냐? ㅋㅋㅋ 알겠어, 그냥 위아래 해라."

누가 보면 '요즘 애들' 운운하며 버릇없다고 할 수도 있겠지만 이런 대화의 흐름은 내가 속한 곳에서 자연스럽다. 첫 사회생활을 시작한 스브스뉴스팀에서는 아닌 것은 아니라고 말하고 싫은 것은 싫다고 말하는 게 관례였다. 아이템을 선정할 때도 팀장들은 가장 어린 우리에게 결정권을 주었다.

서로를 부를 때도 직급이 아닌 닉네임을 불렀다. 당시 뉴욕 특파원으로 일하다 오신 팀장님은 이렇게 말씀했다. "우리는 뉴미디어팀이니 호칭도 뉴욕 스타일로 통일하자!" 뉴욕 스타일이 정확히 무엇인지 모르겠지만 우리 팀은 SBS에서 유일하게 직급이나 선후배 호칭 없이 닉네임으로 서로를 불렀다.

2년 동안 팀에서 일하며 내가 가장 많이 부대낀 사람은 하데릭이다(참고로 데릭은 하대석 팀장의 닉네임이다). 내가 데릭에게 자주 했던 말은 아래와 같다.

"최악이에요."

"별로예요."

"시청자들이 싫어할 것 같아요."

"왜 이렇게 올드하세요?"

"다시 생각해보는 게 좋을 것 같아요."

데릭이 나에게 가장 많이 했던 말은 아래와 같다.

"미안하다."

"나한테 책임이 있다."

"더 좋은 아이디어 있으면 말해줘."

"요즘 뭐가 유행이니?"

"그래, 다시 생각해보자."

나의 첫 팀장님이 이러하니 모든 조직이 다 이런 줄 알았다. 그러다 우리 팀이 조금 이상하다고 느낀 계기가 생겼다. 업무 때문에 다른 회사와 미팅을 하던 중 팀장과 사원의 관계가 묘하게 수직적이고 경직된 것 같아 보이길래 하데릭에게 물어봤다.

"데릭, 원래 다들 팀장한테 저 정도로 깍듯한가요?"

"내가 사원일 때도 그랬지. 대다수가 그럴 거야. 지금 우리 팀의 분위기에 적응하지 못하는 팀장들도 많아."

"그런데 우리 팀을 왜 이렇게 만드셨어요?"

"20대를 위한 콘텐츠를 만들려면 20대의 의견이 가장 중요하니까."

문명특급에서 아이템 선정을 할 때 가장 큰 결정권은 인턴이 갖고 있다. 물론 내가 하고 싶은 아이템이 있을 땐 고집을 부리기도 한다. 그렇지만 진행하고자 하는 이유와 얻을 수 있는 이익을 분명히 밝혀서 서로가 상하관계의 형태로 변질되지 않도록 노력한다. 물론 팀을 위아래 없이 유지하는 데는 많은 시행착오가 있었다. 경험이 상대적으로 부족한 사회 초년생의 기준으로 결정하다 보니 실수가 잦았다. 그래서 우리는 실수를 줄이기 위해 노력했고, 나와 재재 언니는 너무 날것의 콘텐츠가 제작되지 않도록 전반적인 톤을 다잡았다.

최근에 팀장 역할을 맡으며 새로운 고민이 생겼다. 내 말투는 굉장히 직설적이고 날카롭다. 선배에게 이야기할 때는 말투를 신경 쓸 만한 일이 없었는데 후배와 일하게 되니 신경이 쓰이게 되었다. 나는 후배들에게 결정권을 줬다고 생각하지만 그건 나만의 생각이고 정작 그들은 그렇게 느끼지 않을 수도 있기 때문이다.

촬영이 끝나고 회사로 복귀하는 차 안에서 아이디어 회의를 자주 한다. 인턴 PD가 의견을 전혀 제시하지 않길래 나 때문에 압박감을 느끼느냐고 물었다. 인턴 PD는 우리 앞에 서면 갑자기 아이디어가 안 떠오르고 무슨 말을 해야 할지 모르겠다고 했다. 나는 상대가 누구든 일단 따지고 보는 성격이라서 나와는 다른, 인턴 PD가 갖고 있는 고유의 성격을 고려하지 못했다. 업무적으로 좀 더 친해지는 시간이 필요했던 거다.

누군가는 나보러 뭐 그렇게 사소한 것까지 신경을 쓰면서 사느냐고 한다. 복잡한 세상 편하게 좀 살라고. 그런데 나는 팀장이 이렇게 사소한 것까지 신경 쓰며 팀을 운영했을 때 더 좋은 성과를 낸다는 결론을 스브스뉴스팀에서 똑똑히 봤다. 가장 어린 팀원과 나의 나이 차이가 점점 벌어지더라도 팀을 위아래 없이 유지해보고 싶다. 내가 먼저 해보고, 이렇게 팀을 운영하는 방식이 꾸준히 좋은 결과를 낸다면 다른 사람에게도 적극 추천할 것이다.

이 글을 쓰며 아차 싶다. 개인적으로는 위아래 없는 팀이라고 생각하는데 후배들의 이야기는 아직 들어보지 않았으니까. 내가 지금 단단히 착각하고 있다면 카톡 하나 보내주라. "밍키, 정신 차리세요!!!" (참고로 밍키는 내 닉네임이다.)

자존감을
높여준 기억이
단 하나라도 있다면
충분하다

—

대학생 때 학원에서 강사 아르바이트를 꽤 오랜 시간 했었다. 내신과 수능을 대비한 영어를 고등학생들에게 가르쳤다. 어느 날 영어 수행평가 시험이 있는 날이었다. 시험을 대비해 본문을 열심히 외워 갔던 한 학생이 방과 후 학원에 왔는데 표정이 영 심드렁했다. 수행평가를 잘 못 봤느냐고 물었더니 학생은 만점을 받았다고 했다. 그런데 왜 전혀 기뻐하지 않느냐고 했더니 이번 수행평가는 내신 비중을 크게 차지하지 않아 만점이어도 큰 소용이 없을 거라고 말했다.

몇 주 뒤 중간고사 기간이 다가왔고 그 학생은 안쓰러울 정도로 최선을 다했다. 수업 시간에 필기도 꼼꼼히 하고 숙제도 완벽히 해 왔다. 시험 전날에 중간고사를 대비해 학원에서 모의고사를 본 결과 그 학생은 만점을 받았다. 이 정도 페이스라면 중간고사에서도 좋은 성적을 받지 않을까, 강사로서 내심 기대했다.

중간고사 기간이 끝나고 그 학생은 학원에 나오지 않았다. 그래서 전화를 걸어봤더니 학생은 중간고사를 망쳤다며 다 죽어가는 목소리로 이야기했다. 자기는 열심히 해도 안 되는 것 같다면서 잔뜩 구겨진 정신으로 울음을 꾹꾹 참아내는 듯했다. 어떤 말로 그 학생을 위로할 수 있을까 감이 잡히지 않아서 아무 말도 못 했다.

전화를 끊고 나서, 자연스럽게 나와 내 친구들의 고등학생 시절이 떠올랐다. 우리도 그들과 마찬가지로 자괴하기 바빴다. 수행평가 때 만점을 맞아도 나 자신을 칭찬해준 기억이 없다. 사실 엄청 대단한 일인데 말이다. 고등학생이라는 신분으로 사는 3년 동안 내가 나에게 상처를 주고 채찍질하기 바빴다. 극단적으로 말하자면 그 시절 스스로를 학대했던 이유는, 이 모든 과정의 종착지가 '좋은 대학 진학'이라고 배웠기 때문이다.

고등학생이었던 내가 자라 제삼자의 시선으로 고등학생을 보니, 그 학생이 수행평가에서 만점을 받았을 때 당사자는 아닐지라도 주변인이었던 내가 충분히 칭찬해주었어야 했다는 생각이 들었다. 물론 중간고사와 수행평가의 무게는 다르겠지만 그럼에도 같은 노력을 했고 실수 없이 성과를 냈다는 것만으로 성취감을 느끼도록 도왔어야 했다.

많이 늦었지만 지금이라도 그에게 하고 싶은 이야기는, 수행평가에서 만점을 받은 건 아주 뿌듯해할 만한 일이라는 것이다. 중간고사에서 원하던 성적이 안 나와서 스스로에게 실망할 순 있겠지만, 스스로를 칭찬할 수 없다 해도 자괴할 필요까진 없다.

내 경우엔 스스로를 칭찬하는 정도와 자괴하는 정도의 밸런스를 맞출 때 자존감이 더 높아진다. 본인을 사랑하기만 했을 때는 오히려 내 약점을 들키기 싫어서 남들에게 그 화살을 돌리는 경우가 생긴다. 반대로 자괴하기만 했을 때는 남의 시선을 의식해서 동굴 속으로 들어가버린다. 그래서 나는 나를 사랑하는 정도로 나에 대한 검열과 자책도 하는 편이다. 돌아보면 마음을 먹고 자존감을 높여야겠다는 작전 같은 걸 세워본 적은 없다. 그냥 자연스럽게 됐다. 내 마음의 근원은 정서적 안정감을 느꼈던 어린 시절의 조각 난 기억들에서 온다. 그 기억의 중심에는 한 명의 인물이 있다. 초등학교 3학년 때 담임이었던 노은숙 선생님이다.

학급에는 남자 회장과 여자 회장이 있었는데, 주로 남자 회장이 핵심적인 일을 맡아 주도하면 여자 회장은 덜 중요한 일들을 처리했다. 여자 회장에 당선된 나는 노은숙 선생님께 반기를 들었다. 저도 같은 회장인데 왜 이런 일을 시키느냐는 물음이었던 것 같다. 그러자 선생님은 미안하다고 하시면서 남자 회장과 똑같은 일을 나눠주셨다. (TMI를 좀 더 말하자면, 심지어 우리 엄마한테까지 전화를 해서 민지가 성공하면 <TV는 사랑을 싣고>라는 프로그램에 나갈 수도 있으니까 그때 자기를 찾아달라고 하셨단다. 그리고 내 어린 시절 사진을 달라고 하셨다. 실제로 엄마가 내 어린 시절 사진을 드렸다는데 노은숙 선생님께서 아직도 갖고 계실지 궁금하다.)

학창 시절에 만난 모든 선생님들이 나의 이런 면을 존중해주셨던 건 아니다. 나는 늘 불편함을 여과 없이 선생님들에게 표현했기 때문에 나를 반항아, 대드는 학생 정도로 부르는 선생님들이 훨씬 많았다. 괜히 불편한 말을 했다가 180센티미터 키의 선생님에게 날아차기로 맞은 적도 있다. 하지만 노은숙 선생님이 나를 칭찬했던 오래된 기억이 훨씬 선명해서 자존감이 무너지지 않고 계속 목소리를 낼 수 있었다. 결국 내 자존감을 지켜주는 기억은 많아봐야 이 정도 에피소드가 전부다. 나도 누군가에게 이런 기억을 만들어주는 사람이 되고 싶다.

몇 년 전 수능을 치른 동생과 통영으로 여행을 갔다. 동생은 원래 공부를 잘했는데 수능 날 쫄아서 점수가 생각만큼 나오지 않았다. 여행에 가 있던 중에 합격자 발표가 났고 동생의 표정은 떨떠름했다. 본인이 원했던 대학에는 붙지 못했기 때문이다. 하지만 동생에게 아무튼 합격했으면 된 거라고 수능을 치른 것만으로도 대단한 거라고 칭찬을 해줬다. 대학으로 인생이 끝날 것 같아도 다음 기회가 또 온다고, 재수하지 말고 빨리 대학 가서 놀라고 했다. 동생이 원하는 대학에 진학하도록 돕는 일은 못 해도, 좌절하진 않도록 도울 순 있었다.

대학 졸업 후 동생은 본인이 원하는 직업인이 되어서 잘 살고 있다. 당시에 동생이 합격자 문자를 받았을 때 만약 내가 "너 평소 실력보다 너무 못 나온 거 아니야?"라고 했으면 동생의 인생이 지금보다 행복해졌을까. 내가 그런 생각을 가진 언니였다면 동생이 어떤 영향을 받았을지 아찔하다. 동생이 인센티브를 받을 때마다 나에게 용돈을 주는 걸 보면서 지난 날 내가 그런 이야기를 했다는 것에 성취감을 느낀다. 앞으로도 계속 용돈을 줬으면 좋겠다.

사랑하는 사람들의 자존감을 지켜줄 수 있는 존재가 된다는 것은 엄청난 행운이다. 내가 노은숙 선생님 덕분에 무너지지 않았던 것처럼 단 하나의 기억만으로 그 사람의 인생이 더 좋은 방향으로 바뀔지 모른다. 그래서 나는 타인의 자존감을 지켜줄 수 있는 여유를 갖고 싶다. 이 마음은 내가 열심히 일을 하는 원동력으로도 이어진다. 타인의 삶의 민폐를 끼치지 않으면서 나의 이익까지 챙기는 꽤 괜찮은 태도가 아닌가 싶다.

좌절하고
있을 시간이
아깝다

—

연출 경력이 전무한 내게 제작비를 두둑이 주며 프로그램을 맡길 회사는 없다. 하지만 나는 프로그램을 제작하고 싶었다. 그래서 찾아낸 해결책이 콘텐츠를 0원으로 제작하는 것이었다. 회사의 예산에 피해를 끼치지 않으면서 나도 경력을 쌓을 수 있으니까.

뉴미디어는 구성과 형식이 TV 방송보다 자유롭기 때문에 기획할 수 있는 범위가 넓다. 시청자의 호응을 얻으면서도 0원으로 콘텐츠를 제작할 수 있어야 살아남는다. 그렇지만 두 마리 토끼를 다 잡을 수 있는 방법을 찾아내는 일이 가장 고난이었다. 지난 5년간 매우 찌질하게 연구한 과정을 가감 없이 남겨본다.

일단 장소 대여비가 들지 않는 곳을 물색하는 게 우선이다. 가장 쉽게 찾을 수 있는 장소는 길바닥이다. 길바닥에서 무엇을 할 수 있을까? 길에 많이 있는 것은 사람들이다. 그러면 길거리 시민을 대상으로 인터뷰를 하면 된다.

그런 이유로 기획한 것이 〈스브스토커〉다. 단순히 길거리 인터뷰라면 재미가 없을 테니 차별점을 만들어야 했다. 인터뷰 질문을 준비하며 딱 하나의 방향성만 갖고 가기로 했다. 추억과 공감을 부를 수 있는 주제일 것. 그래야 90년대생 시청자들이 반응할 테니까. '당신의 버디버디 아이디는 무엇인가요?' '덕질 어디까지 해봤니?', '일제 강점기로 돌아간다면 본인은 독립운동을 할 수 있을 것인가?' 이런 질문들을 준비해 길거리로 나갔다.

〈스브스토커〉는 평균 조회수 10만 회 정도로 페이스북에서 꽤 괜찮은 반응을 얻었다. 특히 댓글 반응이 많았는데 친구를 소환해서 '너는 버디버디 아이디가 뭐였니'라고 물어보는 질문이 주됐고, 콘텐츠와의 인터렉션이 활발했다. 제작비를 한 푼도 쓰지 않았지만 덕분에 시청자가 격하게 공감할 수 있는 주제에 고도로 집중할 수 있었다. 제작비가 없다고 아무것도 하지 않았으면 콘텐츠 제작에 있어서 '공감'의 중요성을 배우지 못했을 것이다.

〈스브스토커〉의 경험을 계기로, 공감의 대화를 풀어내는 기획을 더 제작하고 싶었다. 즉흥적인 길거리 인터뷰에서 항상 아쉬웠던 '깊이'를 더하고 싶었고, 고정 출연진이 있다면 가능할 것 같았다. 고정 출연진이 토크를 하는 기획은 뭐가 있을까. 그러면서도 출연료가 필요 없는 인물은 누구일까.

옆자리에서 같이 일하고 있는 팀장님과 동료들이 보였다. 팀장님은 자유로운 표현을 중요시했다는 그 유명한 X세대 출신이고 나름 오픈마인드라서 출연을 거부할 것 같진 않았다. 동료들 같은 경우는 카메라 앞에서도 충분히 뻔뻔하게 자신을 표현할 수 있는 일반인들이었다. 동료들과 함께 노래방에 간 적이 있는데 일말의 창피함 없이 자기들이 무슨 2NE1이 된 것마냥 노래를 불렀으니까.

그렇다면 팀장님과 동료들이 함께 모여 앉아 하하호호 나누는 이야기가 시청자에게 공감을 불러올 수 있을까? 글쎄, 나는 전혀 공감 못 하겠다. 오히려 그들이 카메라 앞에서만 친한 척하는 것처럼 보이고 불편하다. 차라리 서로 피하고 투닥거리는 게 더 공감된다. 그렇다면 서로의 갈등을 담아내면 어떨까. 서로를 이해하지 못하고 인상을 찌푸리게 되는 이야기를 해보는 게 어떨까.

당시 팀장이었던 크롱(하현종 대표)과 재재 언니와 함께 회의를 해서 '세대 갈등'을 주제로 삼았다. 같이 점심을 먹고 쉬는 중 동료 PD가 "요즘 소녀시대의 〈다시 만난 세계〉 다시 듣는데 추억이다"라고 하길래 프로그램 제목을 〈다시 만난 세대〉로 지었다. 이번에도 장소 대여비로 나갈 예산은 없기에 회사 내 스튜디오를 활용하기로 했다. 다른 프로그램은 주로 스튜디오에 세트를 짓지만 나에겐 세트를 지을 돈이 없었다. 그래서 대안으로 택한 것이 크로마키 스튜디오다. 크로마를 빼서 컴퓨터 그래픽으로 후반 작업을 하면 그럭저럭 세트 흉내를 낼 수 있을 것 같았다.

그렇게 〈다시 만난 세대〉의 첫 촬영은 크로마키 스튜디오에서 이루어졌다. 구성과 진행은 당시 이은재 PD와 정혜윤 PD가 맡았다. '직장 상사는 왜 SNS 친구 추가를 할까'라는 주제로 팀장과 90년대생 사원들이 토론을 해보는 구성이었고, 마지막은 갈등을 해소할 방안을 서로에게 제시하며 마무리했다. 〈다시 만난 세대〉는 세대 간에 불평불만을 이야기하기보다는 서로의 격차를 줄이자는 기획 의도를 갖고 있다.

다행히 시청자에게 좋은 평가를 받기 시작하자 출연료 부분에서 제작비를 집행할 수 있는 기회가 생겼다. 중학생, 초등학생, 대학생 등 출연자를 섭외해서 다른 세대들과 세대 공감 토크쇼를 계속해서 진행해나갔다. 〈다시 만난 세대〉는 평균 조회수가 100만 회 정도 나오고 회당 제작비는 15만 원이 넘지 않는다. 조회수 대비 가성비가 좋은 기획이다.

〈다시 만난 세계〉에는 일반인 20명 정도가 출연했는데 덕분에 나로서는 연출자의 역할을 배울 기회가 됐다. 방송인들과 달리 일반인들은 카메라와 현장이 익숙하지 않으니 연출자인 나로서는 긴장을 풀어주고 낯설지 않은 분위기를 조성하려고 노력해야만 했다. 이런 노력은 습관이 돼서 문명특급까지 이어지고 있다. 방송인이든 누구든 출연자들이 촬영 현장을 편하게 느낄 수 있도록 하는 데 중점을 둔다.

일반인들을 대상으로 한 영상을 편집하다 보니 저절로 편집 실력도 쌓였다. 방송인이라면 기존에 쌓아둔 대중적 이미지가 있겠지만 일반인은 아무런 캐릭터가 없다. 그래서 시청자들이 처음 보는 출연자라 하더라도 호감으로 느끼게끔 신경 쓰며 편집하려고 노력했다. 그래서 지금도 출연자를 섭외할 때 일반인이나 시청자들에게 잘 알려지지 않은 인물을 대상으로 해도 부담스럽지가 않다. 분명 좋은 캐릭터로 살릴 수 있다는 스스로에 대한 확신이 생겼으니까. 〈다시 만난 세대〉 덕분에 연출자로서 기초 체력을 쌓을 수 있었다.

회사에서 나에게 혹은 우리 팀에게 아무런 지원도 해주지 않을 때, 할 수 있는 것은 두 가지가 있다. 회사가 해줄 때까지 기다리는 것과 회사에 타격을 입히지 않는 선에서 뭐라도 해보는 것. 나는 후자를 택했다. 〈스브스토커〉를 진행하면서 재재 언니를 만났고, 우리는 그 후로 〈다시 만난 세대〉를 함께 진행했다. 〈다시 만난 세대〉 덕분에 우리는 문명특급을 진행할 수 있는 제작비를 얻었다.

　그래서 나는 제약이 있는 아주 작은 일이라도 일단 해보려고 한다. 나에게 찾아온 작은 기회들을 결코 하찮게 여기지 않으려고 한다. 누군가에게는 우스워 보이는 그 주먹만 한 눈덩이를 묵묵히 굴리다 보면 언젠가 올라프를 만들 수 있을 거라고 믿는다. 굴리는 도중에 눈덩이가 녹거나 부서진다면 또 옆에 있는 눈을 박박 긁어모아서 다시 작은 눈덩이를 만들면 된다.

윽박지른다고
해결되지
않는다
—

2000년생 조연출이 들어왔다. 만년 막내일 줄 알았던 나는 어느덧 상사가 되었다. 이제 90년대생들은 긴장해야 한다. 꼰대라고 욕할 선배보다 우리를 꼰대라고 욕할 후배들이 많아지고 있으니까.

우리는 직장 내 폭언과 갑질에 처음으로 반기를 든 첫 세대다. 하지만 막상 상사가 된 90년대생들이 후배들에게 내리사랑을 보여주는 경우를 많이 봤다. 자신들이 욕하던 상사와 매우 비슷한 모습으로 변해가더라. 물론 나도 포함된다. 앞으로 더 생길 불상사를 방지하기 위해 스스로 대책을 연구해보기로 했다.

나의 경우는 후배들과 대화할 때 쓰기 좋은 마법의 말을 찾았다. "그렇구나"라는 말은 언제 어디라도 굉장히 유용하게 달라붙는다. 처음 사회생활을 시작할 때 나의 팀장님께 배운 기술이다.

아직도 잊히지 않는 일화가 있다. 전날 송출된 영상에서 출연자의 이름을 잘못 표기해 영상을 내렸다 다시 올려야 하는 상황이 벌어졌다. 처음 하는 실수에 다음 날 아침이 되었는데도 회사에 가기가 싫었다. 밤잠도 제대로 못 자고 온갖 변명을 준비했다. 메모장을 꺼내 다음 날 할 말들을 한 줄 한 줄 써서 수능에 출제되는 지문처럼 달달 외웠다. 그런 다음 출근하자마자 팀장님을 찾아갔다.

"팀장님. 제가 프로필 자막을 잘못 넣었습니다."
"그렇구나."
"(생각보다 싱거운 반응에 어리둥절) 넵…"
"이런 실수가 왜 생겼을까?"
"제가 다른 회차의 프로필 자막과 헷갈려서요."
"다시 이런 실수를 하지 않기 위해서 어떤 시스템을 만들어야 할까?"
"출연자 프로필만 따로 정리해서 한눈에 볼 수 있게 만든 후 CG팀에 넘겨야 할 것 같아요."

"그런 시스템을 시도해보고 실수를 반복하지 말자."

밤새 준비한 멘트는 초장부터 막혔다. 그 이유는 마법의 한마디 "그렇구나" 때문이었다. "그렇구나"는 서로 변명할 시간을 줄이고 빠르게 다음 단계를 논의하도록 돕는다. 팀원이 잘못을 스스로 털어놓았을 때 팀장이 곧바로 인정해주면 상대방 입장에선 말하기가 수월해지고 개선 방향을 빠르게 논의할 수 있다. 그날 이후로 지금까지 나는 프로필, 크레디트 등을 한눈에 볼 수 있도록 메모장에 정리해서 넘기는 방식을 쓰고 있는데 꽤 효율적이다.

만약 "그렇구나"를 다른 말로 바꾸면 어떻게 대화가 흘러갔을지 시뮬레이션을 해봤다.

"팀장님. 제가 프로필 자막을 잘못 넣었습니다."
"내가 똑바로 체크하라고 했지."
"(위축) 넵…"
"이제 어떻게 할 거야?"
"(당황해서 머리가 하얘짐) 음…"
"됐어. 너한테 물어본 내가 잘못이다. 김 대리 불러."

이런 대화를 통해서는 아무런 해결책을 만들지 못한다.

팀장 입장에서는 팀원이 어떤 경위로 실수했는지 파악할 수 없고 그러다 보니 그보다 직급이 높은 팀원을 불러 연계 책임을 묻게 된다. 결국에는 팀장과 사원과 대리가 서로 감정적으로 손해만 보는 결말이 나고야 만다.

"그렇구나"라는 대답은 어떻게 활용할 수 있을까?

예시 1
"팀장님. 보고서 오늘까지 다 못 끝낼 것 같습니다."
"헐, 그렇구나. 왜 늦어졌지?"

예시 2
"팀장님, 이 아이디어 어때요?"
"음, 그렇구나. 왜 그렇게 생각했지?"

예시 3
"제가 커피를 팀장님 노트북에 다 쏟아버렸습니다."
"와우, 그렇구나. 휴지 가져와….'"

역시 "그렇구나"는 마법의 말이다. 아무리 화가 나고 황당한 순간에도 한 박자 쉬게 만든다. 그동안 서로에게 상황을 파악할 찰나의 시간이 생긴다. 어떠한 상황에서도 감정적으로 대응한다고 해서 달라지는 건 없다.

후배가 실수할 때마다 사무실에서 고성을 지르던 선배가 있었다. 상대의 이야기도 듣지 않고 소리를 지르고 폭언을 했다. 폭언으로 허공을 도배할 시간에 다 같이 힘을 모아 후배의 실수를 빠르게 수습하는 편이 더 좋았을 것이다. 사무실에서 소리 지르지 좀 말아달라고 부탁했지만, 선배는 그게 다 후배를 위해서 그런 거라고 했다. 부드럽게 넘어가면 잘못인지 모르고 실수를 반복하게 된다나 뭐라나. 과연 이런 말을 들은 후배는 실수를 반복하지 않게 되었을까? 절대 아니다. 하는 일마다 자신감이 떨어져 위축된 후배는 그 후로도 같은 실수를 반복했고 선배는 하도 소리를 질러서 목이 다 쉬었다. 헛된 시간만 갉아먹은 꼴이 되어버렸다.

꼭 "그렇구나"가 아니더라도 상사 입장에서는 각자의 감정을 다스릴 수 있는 마법의 말 한마디 정도는 만들어두면 동료들과 대화할 때 유용하다. 사무실에서 고성을 지르던 그 선배에겐 이 단어를 추천하고 싶다.

"아, 그럴 수도 있겠다!"

망하면
때려치워도
괜찮다

—

　운전을 처음 배울 때 차선을 지키는 것이 가장 힘들었
다. 이리저리 맞추려고 할수록 더 한쪽으로 치우치게 된다.
그럴 때마다 엄마는 "멀리 보면 오히려 차선이 지켜져"라고
말씀하셨다. 도로의 끝에 점을 찍고 바라보니까 신기하게 차
선이 맞았다. 비단 운전에만 해당하는 노하우가 아닌 걸 알
면서도, 지금도 나는 코앞에 보이는 차선만 신경 쓰면서 일
하고 있다. 최근 100만 회가 나오던 조회수가 반 토막도 아
니고 25만 회까지 뚝 떨어졌기 때문이다.

　과거에도 이렇게 조회수가 급락하는 특정 시기가 있었
다. 그 시기가 올 때마다 우리는 긴급회의를 열어서 심사숙
고해 다음 아이템을 선정했다. 지금까지 두 번의 긴급회의가

있었고, 그럴 때마다 우리는 사르르 무너지는 모래성처럼 허탈하게 내려앉는 조회수를 부여잡으려고 발버둥 쳤다. 긴급회의에서 건져낸 아이템들의 조회수는 어떻게 됐을까? 하나같이 역대 최악의 조회수를 찍었고 재미와 감동까지 잃어버린, 정말 소름 돋는 결과가 나왔다.

처음에 조회수가 급락했을 때 문명특급은 폐지될 위기에 처했다. 우리의 마음은 절실했고 몸은 부산했다. 서울 시청 앞 잔디밭을 하와이처럼 만들었다는 소식을 듣고 급히 찾아가 〈서울에 나타난 하와이 해변〉이라는 콘텐츠를 제작했다. 당시의 새로운 소식을 발 빠르게 담아낸 그 영상의 조회수는 3년이 지난 지금도 10만 회를 웃돈다. 시청자에게 서울시 홍보 아이템이냐는 지적까지 받았다.

그로부터 1년 뒤, 우리에게는 또다시 조회수 급락 기간이 찾아왔고 그때도 긴급회의를 소집했다. 한강에서 게릴라 콘서트를 하자고 의견이 모아져, 한여름 한강 공원의 땡볕 아래서 콘서트를 진행했다. 땀을 뻘뻘 흘리며 그렉, 재재, 야니는 콘서트 홍보를 했다. 평일 낮 시간이어서 한강 공원에는 두 명 정도밖에 없었고 그들마저 우리를 외면했다. 힘겹게 촬영한 게릴라 콘서트는 역대 최저 조회수를 갈아치웠다.

정말 억울한 것은 우리가 여태껏 했던 긴급회의는 아무 짝에도 소용이 없었다는 것이다. 긴급회의로 인해 상황만 더 악화됐으니 속에서 천불이 났다. 지금은 세 번째로 닥친 조회수 급락 기간이다. 또 긴급회의를 해야 하는 것이 아니냐는 팀원들의 의견이 있었다. 두 번의 쓰디쓴 실패가 머릿속을 스쳤다.

그런데 찬찬히 생각해보니 이제까지 했던 긴급회의는 그 자체가 문제였다기보다는 방향성이 문제였다. 발등에 불이 떨어진 우리는 긴급회의를 할 때마다 당장 조회수를 높일 수 있는 아이템을 찾는 데 혈안이 되어 있었다. 이것이 기획 의도라는 본질에서 벗어나 무리수를 날리게 된 이유다. 차선을 맞추기 위해서 멀리 보듯 우리도 페이스를 되찾기 위해서 멀리 봐야 했다. 급락 기간에 새로운 포맷이나 억지 아이템을 붙여서는 안 됐다. 급하게 차선을 변경해서 사고가 난 것이다. 전부 나의 운전 미숙으로 벌어진 일이다.

그래서 이번에 찾아온 세 번째 위기 상황에서는 좀 더 천천히 차선을 변경하려고 한다. 서서히 속도를 줄이고 다음 차선으로 들어갈 타이밍을 좀 더 신중하게 봐야겠다. 조회수가 떨어지더라도 급한 마음에 당장 방향을 틀기보다는 기획 회의를 꾸준히 해서 가장 괜찮은 아이템이 나왔을 때를 노려야 한다. 이렇게 오늘도 혼자 마음을 다스린다. 조급하다고 급발진하지 말자. 제발 무리수 던지지 말자.

개인적으로는 이 기간을 다시 극복해낼 수 있을지 겁도 난다. 이렇게 천천히 먼 곳만 바라보며 가도 되는 걸까. 멀리 보다가 지금 당장 내가 놓쳐버린 것은 없을까. 온갖 잡생각 이 드는데, 이럴 때 가장 효과적인 해결책이 있다. 망하면 미련 없이 때려치우겠다는 마음가짐으로 일하는 것이다. 이 일을 나의 전부라고 생각하기 때문에 부담을 느껴서 마음이 조급해지는 거니까.

그래서 나는 지금 당장 이 일을 관뒀을 때 할 수 있는 두 번째 직업을 만들어놓았다. 현재 내가 생각하고 있는 일은 제주도에 계시는 외할머니 집에서 못난이 귤 에이드를 파는 것이다. 이름도 정했다, 몬귤에이드. 몬스터 귤 에이드, 뭐 그런 느낌이다. 추가 금액을 내면 몬귤에이드를 사 먹으러 온 관광객의 영상도 찍어줄 예정이다. 산방산을 배경으로 에이드를 마시며 나누는 대화를 영상으로 찍은 다음 빠르게 편집해서 이틀 안에 카톡으로 보내줄 것이다. 외할머니 댁에 머물며 생활비도 좀 아껴볼 요량으로. 아직 외할머니께서는 이 사실을 모르고 계신다. 어쨌든 이렇게 두 번째 직업을 설정해놓고 나니 마음이 정말 편하다.

그때부터는 출근길 로비에서 만난 누군가가 "어제 그거 조회수 안 나왔더라"라고 했을 때 괜히 마음 쓰지 않게 되었다. "다 때려치우고 제주도 가서 못난이 귤 팔아보려고요"라고 답하자 상황이 손쉽게 끝났다. 심란하던 내 마음도 아주 담백하게 정리됐다. 괜히 조회수가 폭락했다는 사실에 진지해지지 않기로 했다. 긴급회의고 뭐고, 그냥 하던 대로 사는 것. 그게 위기를 극복할 최선의 해결책이다.

충성을
바라지
않는다

—

90년대생과 일하는 법을 알려달라며 어떤 회사로부터 강연을 요청받은 적이 있다. 70년대생이라는 그는 내가 강연을 통해서 90년대생 사원들의 마음속 열정을 지펴주길 바랐다. 좋은 기회였지만 수락하진 않았는데, 그 결정적인 이유는 강연의 취지가 '90년대생들은 수동적으로 일하기 때문에 상사들이 힘든 것이다'라는 결론에서 도출되었기 때문이었다.

애석하게도 팀의 성과가 나오지 않는 것은 90년대생 팀원들 때문이 아니다. 오히려 그들의 니즈를 제대로 파악하지 못한 팀장의 탓일 가능성이 훨씬 크다. 세대 차이로 치부해버린다고 해서 능사가 아니다. 그렇지만 아주 무시할 수 있는 문제는 아니기에 90년대생 팀원들이 고민이라는 그들에게 내가 일하면서 느낀 바를 공유하고 싶다.

70년대생 팀장들과 가장 큰 충돌이 일어나는 부분은 조직에 대한 충성심이다. 90년대생은 조직에 무조건적인 충성을 바라는 것을 이해하지 못한다. 나 같은 경우엔 극도로 싫어하는 정도다. 오죽하면 한 대기업의 신입사원 면접에서 "개인적인 성향이 강해 보이는데 본인은 회사를 위해 일하는 사람이냐, 개인을 위해 일하는 사람이냐"라는 마지막 질문을 받았다. 면접에서 회사에 보탬이 될 인재인 척을 열심히 했지만 연륜 있는 면접관의 눈은 속이지 못한 거다. 모범 답안은 "저는 회사나 팀을 위해 일하는 사람입니다"였지만 그 말이 목구멍에 걸려서 도저히 나오지 않았다. 그래서 "솔직히 개인의 성장이 더 중요한 사람입니다"라고 답했고, 덕분에 회사에 적합한 인재가 아니라는 불합격 통보를 받았다.

그땐 도대체 왜 "회사를 위해 일을 열심히 하겠다"는 말이 목구멍에서 나오질 않는지 내 자신을 원망했다. 다른 면접을 준비할 땐 이런 질문에 대비해 모범 답안을 열심히 연습했다. "이 회사의 일원으로서 최선을 다하겠습니다." 그러면서 나는 내가 지닌 성향을 외면했고, 그 기간이 정말 불행했다.

나와 함께 취업을 준비하던 동기들도 마찬가지였다. 나는 조직이 원하는 소속감과 자긍심과 충성심을 느끼지 못하는 사람이다. 첫 사회생활을 시작했을 때 회사에서 생전 처음 보는 사람이 나와 같은 학교를 나온 선배라며 밥을 사 준다고 했다. 그 말을 듣자마자 내 머리 위에는 물음표가 떴다. '같은 학교 출신인 거랑 밥을 같이 먹는 거랑 뭔 상관이지?' 이런 나의 성향을 완벽히 이해했을 때는 사회생활 3년 차쯤 되었을 때다. 또 생전 처음 보는 사람이 같은 학교를 나온 후배라며 밥을 사달라고 했다. 그때 또 들었던 생각이 '같은 학교라고 왜 밥을 사달라고 하지?'였다.

그러니까 나는 학연, 지연, 혈연을 머리로는 알겠지만 마음으로는 전혀 이해하지 못하겠다. 같은 학교 소속이니까, 같은 지역 사람이니까, 같은 혈육이니까 잘 챙겨줘야지 하는 말은 논리적인 근거가 부족한 헛소리로 들린다. 하지만 여느 조직에서는 이것을 '융통성'이라고 부르는 듯하다.

이렇게 융통성 없는 나 같은 사람이 문명특급 연출팀의 리더가 됐다. 어떤 리더가 되어야 할지 모르겠어서 리더십에 관한 책도 읽고 나름 고민도 했는데 그냥 내 스타일대로 하기로 했다. 내가 팀을 빌딩하며 세운 나름의 원칙은 '팀원에게 소속감을 강요하지 말자'는 것이다. 팀의 일원으로서 보탬이 되어야 한다는 말 대신 이 팀을 나가서도 살아남을 자기만의 강점을 찾아야 한다는 말을 자주 한다. 이 팀을 나갔을 때 우리 팀원들이 어떤 방식으로 역량을 발휘할 수 있을지 고민하게 된다.

팀원들에게 소속감이나 충성심을 바라는 것보다 독립을 요구하는 것이 오히려 좋은 성과를 냈다. 각자의 역량을 키우기 위해 노력한 팀원들의 결과물이 곧 팀 자체의 퀄리티로 이어졌다. 결과적으로 좋은 성과를 냈기 때문에 앞으로도 이런 방식으로 팀을 이끌어봐도 괜찮겠다는 생각이다. 나와 함께 일하는 팀원들을 그저 같은 팀에 소속된 사람들로 대하는 게 아니라 어딘가에서 리더를 맡을 미래의 팀장이라고 여기며 대하는 것이다. 그러면 그들은 오히려 프로젝트를 잘해내고 싶은 욕심이 생기고 성취감을 느낀다는 걸 깨달았다.

이런 이유로 난 팀원들에게 늘 독립을 외쳤고, 그 때문에 이들이 소속감을 갖고 있지 않을 것이라고 생각했다. 하지만 반대였다. 팀원들은 오히려 더 깊은 소속감을 느끼고 있었다. 올해 팀에 가장 큰 변동이 있었다. 김희연 PD와 김혜민 PD와 권나영 PD가 팀을 떠나게 된 거다. 이들이 떠날 때가 돼서야 우리 팀에 얼마나 큰 애정을 갖고 있었는지 깨달았다. 김희연 PD는 팀을 떠날 때 2박 3일 정도 간헐적으로 울었고, 권나영 PD는 꼭 다시 같이 일하고 싶다고 말해줬다. 김혜민 PD는 나에게 원고지 2장 정도로 빼곡히 채워진 편지를 주었다.

나는 사실 팀원들과 적당한 거리를 유지하기 위해 굉장히 노력하는 편이었다. 너무 친하지도 않고 불편하지도 않으며 개인적인 영역을 침해하지 않도록 거리를 유지했다. 나와 팀원들 사이의 빈 공간에서 팀에 대한 애정이 굳이 노력하지 않아도 자라는 잡초처럼 슬금슬금 자라나 보다. 팀원들의 자주독립을 바라니까 소속감이 자연스럽게 따라왔다. 회사에 대한 소속감을 느끼지 않는 90년대생이 고민이라면 과연 자신이 그들에게 어떤 형태의 소속감을 주고 있는지 돌아볼 필요가 있다.

마지막으로 90년대생인 나는 나의 리더가 능력이 없다는 걸 안 순간 사직서를 품는다. 운 좋게 얻어 걸려서 아무 능력 없이 팀장 자리에 오른 사람이라면 팀원들의 눈에도 훤히 보인다. 능력이 없는 것도 문제이긴 한데 혼자만 능력을 과다하게 발휘하는 것도 문제다. 폭주기관차처럼 팀원들의 멱살을 붙잡고 돌진하는 것보단 팀원들의 역량을 함께 키워주는 팀장이 정말 능력 있는 리더라고 생각한다. 그런 리더가 없다면 90년대생 팀원들은 수동적으로 일하게 된다.

"주체적으로 일할 줄 알아야지, 우리 팀원은 내가 시키는 일만 한다니까. 나 때는 안 그랬는데 90년대생이라 그런가?" 이런 말을 하고 있는 팀장이라면 본인의 업무 능력부터 의심해봐야 한다. 그런데 주로 능력이 없는 리더들이 팀원들에게 무한한 충성을 바란다. 자신은 그것밖에 할 줄 아는 게 없기 때문일까. 스스로 팀원들에게 롤모델이 될 수 있을 정도로 능력을 키운 후 팀원들에게 열정과 패기를 논하는 리더가 되길 바란다.

본업에
충실히
임한다

—

복세편살이라는 줄임말이 있다. '복잡한 세상을 편하게 살아가는' 가장 좋은 방법은 각자 본업만 잘하면 된다. 본업을 가볍게 여기면 꼭 사고가 생긴다.

PD라고 하면 흔히들 의자에 앉아서 이리저리 지시하는 이미지를 떠올리지만 나 같은 경우는 촬영 현장을 관리하는 일도 본업에 포함되어 있다. 촬영 현장까지 갈 때는 배차 기사님께 위치를 정확히 말씀드려야 하는 것도 내가 맡은 일들 중 하나다.

그런데 어느 날, 내가 촬영팀이 타는 차의 기사님께 위치를 잘못 찍어드린 적이 있다. 촬영장에 도착해 기다리는데 촬영팀이 하도 안 오길래 전화를 했더니 아직 도착하려면 멀었다고 뜬다는 것이다. 황급하게 위치를 정정했고 예정된 시간보다 1시간 늦게 촬영팀이 현장에 도착했다. 그 사이 출연자는 벌써 도착해 있었다. 게다가 스튜디오 대여 시간을 1시간 더 미뤄야 하는데, 마침 다음 예약자가 있어서 연장할 수 없는 최악의 상황에 처해버렸다.

이 모든 게, 단순히 내가 위치를 잘못 찍어서 벌어진 대참사다. 나 하나 때문에 수많은 사람이 피해를 본 거다. 그 전까지 나는 기사님께 위치를 알려드리는 일을 중요하게 생각하지 않았다. 사소한 잔업들 중 하나라고 생각했고 진지하게 임하지 않았다. 본업에 소홀했던 거다. '본업을 잘해야 한다'는 말은 대단한 기술과 역량을 길러야 한다는 게 아니라 자신이 맡은 일들을 스스로 함부로 대하지 말아야 한다는 의미다.

본업의 의미를 너무 과하게 해석하고 발휘해도 사고가 생긴다. 자신이 맡은 일이 엄청 대단한 힘을 가졌다고 착각해서 벌어지는 참극이 '갑질'과 '비리'다. 본업을 대할 때 자부심과 자만심은 별개다. 이런 사람들은 주로 자신이 타인을 차별할 권리를 가졌다고 생각한다. 자기가 하는 일을 악용하여 누군가를 통제하려고 들거나 무언의 압박을 한다. 본업을 통해 버는 소득에 만족을 못하고 또 다른 이익을 창출하려

부단히 애쓴다. 그래서 뒷돈을 받거나 사람을 물건 취급하며 거래하는 지경에 이른다. 마찬가지로 그 때문에 수많은 사람이 피해를 본다. '본업을 잘해야 한다'는 말은 남에게 피해를 입힐 정도로 열심히 할 필요는 없다는 의미다.

그러니까 우리는 각자의 자리에서 더도 말고 덜도 말고, 적당히 자기가 맡은 일만 잘하면 된다. 직장 안에서는 적당한 선을 아는 사람이 가장 영리한 사람이다. 나도 그런 영리한 사람이 되고 싶어서 연출자로 계속 살아간다면 본업의 선을 지키는 범위가 어디까지일지 많이 고민하는 편이다.

연출자의 정의를 알고 싶어서 사전에 검색을 해본 적이 있다. 연출자는 시청자가 무엇을 보고 무엇을 들을지 결정하고, 시청자에게 전하고 싶은 메시지를 전달하기 위해 화면을 채우는 작업을 하는 사람이라고 한다. 화면을 채우는 작업은 생각보다 많은 공력이 든다. 누가 나와야 할지, 세트를 써야 할지 야외로 나가야 할지, 아이폰으로 찍어도 되는지 때깔이 좋은 카메라가 필요한지, 총 몇 부작으로 제작해야 할지, 제작비는 어느 정도가 필요한지 등 모든 것을 결정해야 한다. 가장 중요한 것은 그렇게 만들어진 프로그램이 시청자에게 적절한 메시지를 전달하는가이다.

연출자로서의 본업을 가볍게 여긴다면 화면을 채워주는 출연자에 대한 감사를 모를 거다. 세트를 지어주는 스태프의 노고를 모를 거고, 촬영팀의 역량을 끌어내지 못할 거다. 남의 아이디어를 베껴서 손쉽게 프로그램을 만들고, 그것이 시청자를 기만하는 행위라고 끝내 깨우치지 못할 거다.

반대로, 연출자로서의 본업을 과하게 여기면 어떤 일이 발생할까. 일단 출연자에게 갑질을 할 거다. '출연시켜줄게'라는 말 한마디로, 화면을 채우고 싶어 하는 누군가를 현혹할 거다. 함께 일하는 제작진을 팀원으로 생각하지 않고 깔볼 것이다. 뒷돈을 받고 프로그램을 조작하는 일도 생길 수 있다. 본업을 가벼이 여기는 것보다 더 끔찍한 상황들이 발생한다.

자신의 본업을 충실히 잘해내려면 다른 사람의 본업도 존중하는 자세가 필요하다. 하지만 세상에는 아직 남의 일을 존중하지 않는 사람이 많다. 이런 사회 분위기 속에서 미디어도 한몫하고 있다고 생각한다. 미디어에 여자 가수가 출연하면 '여자'에 방점을 찍는다. 엄마인 배우라면 '엄마'에 방점을 찍는다. 다이어트를 하는 모델이라면 '다이어트'에 방점을 찍는다.

우리가 주목해야 하는 부분은 그들의 사회적 역할, 즉 본업에 있다. 여자인 가수라면 '가수'에 방점을 찍는 일이고, 엄마인 배우라면 '배우'에 방점을 찍는 일이고, 다이어트를 하는 모델이라면 '모델'에 방점을 찍는 일이다.

하지만 세월이 무색하게 10년 전이나 지금이나 섹시한 이미지의 가수가 나오면 '섹시한 이미지'에 방점을 찍고 있다. 그가 얼마나 충실히 무대를 준비했는지에는 큰 관심을 보이지 않는다. 화면을 채우는 사람들이 시청자에게 그런 메시지를 전달했기 때문에 대부분의 시청자는 그대로 받아들인다. 우리는 이미 그런 방식에 익숙해졌다.

그렇기 때문에 연출자가 본업인 나는 화면을 채울 때 출연자들의 본업에 방점을 찍으려 노력한다. 시청자가 이 방식에 더 익숙해질 때까지 해보려고 한다. 모든 사람들의 본업은 존중받아야 할 가치가 있다는 걸 전하고 싶다.

이것을 스브스뉴스에서 일하는 동안 수많은 사람들을 인터뷰하며 배웠다. 이제까지 만난 300여 명의 출연자들, 함께 일한 제작진들 덕분에 나도 뒤늦게 알게 된 가치다. 내가 본업을 하며 얻게 된 보너스 같은 거다.

많은 사람들을 인터뷰하며 또 하나 느낀 게 있다. 10년 이상 본업만 꾸준히 해온 사람들의 눈빛은 다르다. 돈과 명예보다 그 눈이 뿜어내는 빛이 훨씬 탐난다. 그런 사람들의 눈에는 보석이 박혀 있다. 눈빛은 강한데 몸에 힘이 들어가 있지 않다. 고난을 여러 번 극복한 사람들의 맷집이다. 그들 대부분은 겸손하기까지 해서 자신의 업적을 자랑하기보다 자기 주변에 더 대단한 사람이 있다는 걸 자랑한다. 자신의 일을 과소평가하지도 않고 과대평가하지도 않으며 적정한 선을 지킨다.

〈설리, 허드슨 강의 기적〉이라는 영화를 좋아한다. 개봉 당시에 홍보 문구가 '상식이 기적이 되어버린 시대, 해야 할 일을 한다는 것'이었는데 그 문구가 잊히지 않는다. 엔진이 고장 나 155명이 타고 있는 비행기가 그대로 추락할 위기에 처했을 때, 침착하게 대처하여 모두를 살린 기장 설리는 이렇게 얘기한다.

"우린 할 일을 했어(We did our job)."

이 문장이 좋은 이유는 '나'가 아닌 '우리'라는 말로 모두의 일을 존중하고, 155명을 살린 기적이 그저 본인의 '일'이었다고 표현했기 때문이다. 내가 인터뷰를 하며 만난 그들의 자세와 매우 비슷하다. 그들처럼 나도 본업을 10년 동안 지켜보고 싶다. 내가 내 자리를 지키면 복잡한 세상이 조금이라도 편해질지 궁금해진다.

근본이
없어서
자유롭다

—

회사에는 두 가지의 조직이 존재한다. 중요도가 높은 조직과 낮은 조직. 이는 주류와 비주류로 바꿔 부르기도 하는데, 그래서 나는 회사 생활 5년 내내 비주류였다. 그렇기에 회사를 다니는 동안 승진을 고민했던 적이 없다. 어차피 나와는 먼일이었으니까. 사회생활에 필요한 인맥을 쌓겠다고 머리를 굴려본 적도 없다. 그래봤자 나의 가치를 알아봐주는 사람은 극히 드물었기 때문이다.

그래서 마냥 해맑게 회사를 다녀보기로 했다. 스스로를 '있어도 그만 없어도 그만인 인적자원'으로 생각하며 사회 초년생 시절을 보냈다. 덕분에 나는 힘이 들어가지 않은 상태로 이 일을 시작할 수 있었다. 연봉과 고용 환경보다는 단순하게 지금 하고 있는 일이 즐거워서 계속 일했다. '내가 지금 하고 있는 일이 즐겁나?' 외에 다른 질문은 모두 치워버렸다. 돌아보니 이 시기가 제약 없는 행복을 느끼게 된 출발점이었다.

그 결과, 복잡한 사회생활에서 남들보다 자유로워질 수 있었다. 내 안에는 시청자를 즐겁게 만들어주고 싶은 순수한 욕구만 남았다. 높은 연봉을 받지 못해도, 일의 가치를 인정받지 못해도, 워라밸을 지키지 못해도, 시청자들이 나로 인해 즐거운 시간을 보내길 바라는 마음만 남았다. 대가를 바라지 않는 진정성이 내가 하는 일의 의미가 되어주었다.

막상 현실에서는 진정성만 갖춰서 되는 일은 없었다. 제약이 없어서 느끼는 행복과 동시에 근본이 없어서 생기는 한계를 경험해야만 했다. 처음에 프로그램을 제작할 때는 어디 출신이냐는 질문을 많이 들었다. 섭외를 할 때 SBS 소속인 것을 증명해보라며 명함을 달라는 이도 있었고, 예능국 소속인지 보도국 소속인지 정확하게 밝히라는 사람도 있었고, 뉴미디어가 뭐 하는 곳인지 설명해보라는 사람도 있었다. 한참을 우리 프로그램에 대해 설명해도 결국 "유튜브네? 우린 그런 데 안 나가요"라며 전화를 끊어버리는 사람도 많았다. 현실 속에서 주류가 아닌 비주류를 환영해줄 사람은 아무도 없었다.

당시 나는 보도국 소속이었기 때문에 예능용 편집을 배울 수 있는 선배가 없었다. 그래서 무작정 TV를 보며 편집을 따라 해보고 배웠다. 그러다 처음으로 스튜디오에서 촬영을 하고 편집까지 한 콘텐츠가 조회수 대박이 터졌다. 그냥 운이 좋아서 그렇게 된 건데 다음 편도 제작해볼 수 있는 기회를 얻었다.

그렇게 어쩌다가 연출을 맡게 됐다. 촬영장에서 쓰이는 용어도 몰라서 어리바리하게 현장을 뛰어다녔다. "하이~컷"은 언제 해야 하는지 도통 알 수가 없었다. 출연료는 평균적으로 얼마를 줘야 하고 스튜디오에 조명을 설치하려면 어디에 연락해야 하는지도 모르는 채로, 다른 프로그램은 어떻게 하는지 눈치로 때려 맞혔다.

고백하자면 당시에 내 안에는 주류에 속하지 못했다는 자격지심이 있었다. 만약 예능국이나 교양국에 소속되어 있었다면 겪지 않아도 됐을 시행착오들이었으니까. 이런 거 하나 알려줄 선배도 없다니, 괜히 억울했다.

2년 정도 시간이 지나 머리에 벨이 띵 하고 울린 날이 있었다. 박시영 포스터 디자이너를 인터뷰하던 중 그는 자신을 일컬어 '근본 없다'고 말했다. 자신은 디자인 전공자도 아니고 포스터 디자인을 전문적으로 하려던 사람도 아니고 상업 영화판에 갑자기 튀어나온 놈이라면서. 사연을 들어보니 어떤 그룹에서 컴퓨터를 다룰 줄 아는 사람이 자기밖에 없어서 포스터를 만드는 업무를 맡아야만 했다고 한다. 그렇게 만든 영화 포스터를 보고 주위 사람들이 칭찬을 하자 그제야 그는 자각했다고 한다. '아… 내가 지금 하고 있는 게 디자인인가?'

디자인을 배워본 적 없어서 자기만의 편집 문법을 만들어나간 일인데, 현재에 이르러 박시영 디자이너의 능력은 독창적이라 평가받고 있다. 그 인터뷰 덕분에 깨달은 게 있다. 주류의 문법을 배우려고 노력하기보다는 오리지널리티를 만들어서 독자적인 노선을 일구는 데 더 힘을 쓰기로 결정한 것이다. 근본 없는 연출자인 나의 한계를 극복하기 위한 유일한 방법은 문명특급의 오리지널리티를 만들어내는 것뿐이었다.

문명특급의 오리지널리티를 위해서 크게 세 가지를 중시했다. 첫 번째는 소재의 신선함이다. 다른 방송에서 했던 기획이라면 굳이 우리가 다시 보여줄 필요는 없으니 걸러냈다. 조회수가 낮게 나올 것 같더라도 처음 보는 소재라면 과감히 채택했다. 가장 기억에 남는 소재는 후드티를 공식 교복으로 입는 학교였다. 당시에는 교복을 작게 맞춰 입는 것이 학생들 사이에서 유행이었는데, 헐렁한 후드티 교복을 입는 학교도 있다는 것을 알게 된 청소년 시청자들은 본인들도 편한 교복을 입고 싶다고 댓글을 많이 달았다. 조회수를 떠나서 편한 교복에 대한 학생들의 니즈를 끌어냈다는 점에서 이 콘텐츠는 큰 의미가 있다.

오리지널리티를 위한 두 번째 노력은 다른 방송에서는 볼 수 없었던 새로운 모습을 출연자에게서 끌어내는 것이다. 톱스타라고 불리는 출연자라면 오히려 그들의 평범함과 친근함이 더 드러나게끔 편집했다. 희극인이 출연했을 때는 웃기는 모습보다 일에 대한 진지한 태도나 노력을 조명했다. 대중 앞에 화려한 이미지를 보여온 가수가 출연했을 때는 직접 프로듀싱에 참여하고 작사 작곡을 하며 앨범 하나를 준비하는 데 얼마나 많은 노력을 들이는지 집중했다.

세 번째는 반칙하지 않는 것이다. 프로그램에 관한 정보를 투명하게 공유했다. PPL이나 광고가 들어오면 솔직하게 콘텐츠 속에서 광고비로 제작했다고 밝혔다. 함께 일한 팀원인 야니 PD가 이직할 때도 콘텐츠에서 공개적으로 이야기했다. 새로운 플랫폼에 진출하게 되면 그 과정을 낱낱이 보여주었다. 다른 것보다 그저 우리가 특권과 반칙 없이 일하고 있다는 것만큼은 꼭 보여주고 싶었다.

아직 갈 길이 멀지만 조금씩 문명특급의 독자적인 노선이 생기고 있다. 기존의 연출 문법이나 제작 시스템이 무엇인지 알지 못하고 시작했던 것이 오히려 오리지널리티를 만드는 데 중요한 강점으로 쓰였다.

아직도 내 소속은 예능국, 교양국, 보도국이 아니다. 주류가 아닌 비주류이기 때문에 학력, 인맥, 소속에 대한 완장을 떼고 살아남아야 한다. 살아남는 과정이 순탄치는 않겠지만, 대신에 얻게 된 제약 없는 자유를 만끽하고 싶다. 그리고이 자유로움을 사람들에게도 전하고 싶다. 굳이 남들의 인정을 받는 주류로 살지 않아도 괜찮다고, 다른 방법도 있다고 말이다.

편견을 갖는 순간
누구나
꼰대가 될 수 있다

—

독립성 하나는 자신 있었다. 도와달라고 외쳐도 도와주
는 사람이 얼마 없어서 마음에 굳은살 같은 게 생겼다. 덕분
에 넘어져도 누가 일으켜 세워주길 기다리지 않고 꿋꿋이 혼
자서 일어날 수 있었다. 무시당하는 상황이 생겨도 울긴커녕
두고 보라며 더 씩씩하게 일했다. 굳은살은 나를 단단하게
만들었지만 동시에 다른 사람들을 적으로 인식하게끔 만들
었다. 특히 내가 꼰대로 치부하고 장벽을 세운 대상은 올드
미디어에서 일하는 사람들이었다.

TV로 공중파에 방영될 문명특급 특별판을 준비하다 보
니 올드미디어에서 일해온 감독님들과 협의해야 하는 것들
이 생겼다. 19층 사무실에 붙박여 있던 나는 감독님들을 만

나기 위해 엘리베이터를 타고 한참을 내려갔다. 4층의 공기는 아주 음산했고 조명도 19층보다 어두웠다. 심호흡을 하며 머릿속으로 시나리오를 짰다.

"뉴미디어에서 뭘 안다고 갑자기 TV판을 한다고 설칩니까?" "방송은 처음이지?" "PD가 뭐 이런 것도 몰라요?"

꼰대들이 던질 법한 최악의 대사들을 떠올리며 어떻게 대응할지 머리를 굴렸다. 그래도 도움을 요청하러 온 쪽은 나니까 우선은 내가 접고 들어가야 했다. 괜히 욱해서 불 지피지 말고 웬만한 말은 다 웃어 넘기자고 다짐했다. 어떤 역경이 닥쳐도 밝고 당찬 드라마 속 캔디 역할에 이입하며 고개를 들고 당당하게 사무실로 들어갔다. "안녕하세요. 문명특급팀 홍민지 PD입니다." 가장 끝자리에서 머리가 희끗한 사람이 아주 천천히 일어났다. 벗어두었던 안경을 쓰며 살짝 찌푸린 얼굴로 나와 눈이 마주쳤는데 아뿔싸, 꼰대의 기운이 느껴졌다. 그러곤 또다시 아주 천천히 내가 서 있는 곳으로 걸어왔다. 그냥 다시 19층으로 올라가고 싶었다. 아니다. 지지 말자. 저 꼰대와 한번 겨뤄보자. 찰나 동안 오만 생각을 다했다.

그가 사무실 중앙에 있는 테이블에 앉길래 나도 따라서

앉았다. 어찌나 천천히 앉던지 나 먼저 앉았다고 한소리 들을까 봐 천천히 앉느라고 힘들었다. 안경 너머로 눈을 치켜뜬 그는 나를 응시하며 첫 마디를 내뱉었다. "커피 줄까요?"

잠깐만, 이거 나한테 커피 타라는 게 아니라 마실 거냐고 물어보는 거 맞나? "아. 아뇨…." 커피를 마시고 싶었지만 나도 모르게 반사적으로 거절의 멘트가 나왔다. 그러자 그가 "그럼 비타500 마실래요?"라고 물었다. 사실 비타500을 그다지 좋아하진 않지만 그의 호의가 비타500을 마시고 싶게 만들었다.

"문명특급이라고 들었어요." 비타500을 천천히 건네주며 그가 말했다. 괜히 주눅이 들어 기어 들어가듯이 "네…" 하고 대답했다. "내려온다는 연락 받고 유튜브에서 다 찾아봤는데 너무 재미있더라고요."

"정말요…?" 감동 반 의심 반의 상태였다. "자우림 편 봤어요. 퀄리티가 엄청 좋던데!"

그때 깨달았다. 지금 이 사무실에 꼰대가 있다면, 그건 바로 나구나. 경험이 없어서 자유로웠던 것도 잠시, 약간의 경험이 쌓이자 자동반사적으로 편견과 선입견을 만들어서 상대를 겪기도 전에 나 혼자 평가해버렸다. 외부에 있던 그들은 적이 아니라 같은 편이었는지 모른다.

그때부터 감독님들과 만나게 되면 가드를 풀고 내 생각을 솔직하게 내보일 수 있었다. 공중파로 송출되는 콘텐츠를 제작하는 것은 처음이라서 실수가 많을 것 같다고, 많이 알려주시면 배우겠다고 이야기했다. 감독님들은 처음이니까 괜찮다며 나를 안심시켜주었다. 촬영 준비부터 촬영 당일까지 감독님들은 "괜찮아", "천천히 해", "이 정도면 잘했어"라는 말로 나에게 자신감을 불어넣어주었다. 덕분에 큰 실수 없이 무사히 모든 것이 끝났다.

제작에 함께해주었던 외주 제작진들에게 감사의 전화를 돌리던 중 외주 음향팀의 감독님이 이렇게 말했다. "○○○ 감독이 홍PD 처음이라고 신경 많이 써달라고 해서 우리도 엄청 애썼어요." 4층에 계신 감독님이 다른 제작진들에게 나를 잘 부탁한다며 실수해도 잘 커버해달라고 이야기를 해놓은 것이다.

'독립성'이라고 포장하면서 내가 세운 장벽을 빨리 허물어야 할 차례였다. 뒷정리를 하기 위해 다시 4층으로 내려가 보니 햇빛 때문인지 몰라도 그날 4층이 엄청 밝았다. 가을이 와서 그런지 공기도 산뜻했다. 장벽을 허물고 보니 4층은 19층과 별반 다르지 않은 공간이었다.

학교에서는 처음이어도 될 것 같은데 사회에서는 처음이면 안 될 것 같은 마음이 든다. 프로다운 면모를 보여야 할 것 같은 착각에 빠진다. 그래서 사회 초년생들은 장벽을 세운다. 장벽 밖에 있는 사람들이 모두 꼰대로 보이기 시작한다.

하지만 바깥세상은 생각보다 만만하다. 내 실수를 타박하고 갑질하는 어른들만 있는 것은 아니다. 초심자에게 너그럽게 길을 알려주는 어른들도 많다. 그러다가 꼰대를 만났다면 다시 그 부분만 두껍고 높은 장벽을 세우면 된다. 그러니까 꼰대를 피하기 위해 라푼젤의 성 같은 요새에 나를 가두는 것보다는, 낮은 담장을 지어서 특정한 지점만 사냥개를 배치시키는 전략으로 가는 편이 더 낫다. 이것을 알고 나니 괜히 어금니에 들어가 있던 힘이 빠진다.

자세히 보면
정말
예쁘다

—

PD들마다 편집 스타일이 다르겠지만 나 같은 경우는 촬영본을 반복해서 여러 차례 보는 편이다. 똑같은 책도 한 번 읽었을 때와 두 번 읽었을 때의 감상이 다르다. 마찬가지로 촬영장에서의 느낌과 찍은 영상을 돌려볼 때의 느낌이 다르고 한 번 돌려볼 때와 두 번 돌려볼 때 그리고 스무 번 돌려볼 때 매번 다르다.

출연자를 촬영장에서 처음 만났을 때 내가 느끼는 감정은 당연히 낯섦이다. 그래서 초면인 출연자에게 친해지려는 노력을 하기보다는 거리를 적당히 두고 예의를 지키려고 노력한다. 내가 아직 현장 경험이 부족해서 그런지, 너무 친해지면 촬영장에서 긴장감이 사라질 거라는 걱정을 사서 한다.

내 입장에서는 카메라 앞에서 무례한 부탁을 하게 될 수도 있고 출연자 입장에서는 친해서 방심하는 경우가 생길 수 있기 때문이다.

특히 출연자가 연예인일 때 그 선을 지키려고 더욱 노력한다. 나는 연예인들을 미디어에서 봐왔기 때문에 아는 사람 같은 내적 친밀감이 생긴다. 그래서 괜히 반갑고 사진도 같이 찍고 싶고 사인도 받고 싶다. 그런데 그들은 어디서도 나를 본 적 없으니 완전히 모르는 사람이다. 일터에서 모르는 사람이 갑자기 아는 척을 하거나 사진을 찍어달라고 하면 가장 먼저 머릿속에 물음표가 찍힐 것이다. 연예인도 나와 같은 사람인데 당연히 이런 감정을 느끼지 않을까.

선을 잘 지키기 위해서 찾은 나만의 방법이 있다. 촬영장에서 만난 출연자들을 회사에서 만난 동료나 미팅을 하는 다른 회사 팀원 정도로 생각하는 것이다. 그러면 지켜야 할 적당한 선이 저절로 생긴다. 굳이 옆 팀 차장님과 함께 셀카를 찍고 싶지 않은 그런 심리랄까.

이러한 이유로, 편집을 할 때는 더 많은 시간이 필요하다. 촬영장 밖에서는 출연자에게 그었던 선을 지우고 인간적인 정을 쌓을 시간이 필요하기 때문이다. 내가 출연자와 가까워져야 시청자도 더 친밀하게 느낄 수 있다. 그런데 출연자와 사적으로 잘 모르는 사이니, 편집을 하기에 앞서 그가 나온 영상이나 책 같은 자료들을 보며 장점들만 찾아내며 조금씩 선을 지워간다. '이 사람은 춤을 엄청 잘 추는구나.' '이 사람은 연습벌레구나.' '이 사람은 언어적인 능력이 뛰어나구나.' 이렇게 찾아낸 장점들을 전달해야겠다고 머릿속으로 그리며 중심 캐릭터를 잡는다. 그런 다음에야 본격적으로 편집을 시작한다.

먼저 촬영해 온 영상을 보며 당시 상황을 복기한다. 출연자의 이야기를 들으며 내가 언제 어떤 감정을 느꼈었는지, 현장에 있던 스태프들은 어떤 반응을 보였는지 기억을 끄집어낸다. 그런 다음 살리고 싶던 부분에 설렁설렁 마크를 찍는다. 그리고 다시 처음으로 돌아가서 영상을 본다. 중심 주제와 다르거나 재미도 감동도 없는 부분을 크게 잘라낸다. 그러고 나면 한 시간 분량으로 영상이 줄어든다.

그때부터 한 컷 한 컷 주의 깊게 살펴본다. 처음 봤을 때는 그냥 다들 웃는 장면이었는데 자세히 들여다보니 뒤에 앉아 있던 출연자의 의자가 덜컹거리는 것이 보인다. 그 이후에 출연자는 계속 의자를 불편해한다. 그러면서도 진행자의 질문을 열심히 들으려고 노력한다. 흔들리는 의자를 고정시키려고 한쪽 다리에 힘을 주는 것이 보인다. 차라리 잠깐 손을 들고 "의자 교체해주세요"라고 말을 하지. 영상 속 출연자가 신경이 쓰인다. 그러면서도 현장에 있는 스태프들을 배려하려고 얼마나 노력했는지 마음을 쓰게 된다. 의자를 바꾸느라 흐름이 끊길까 봐 말을 안 하고 혼자 참고 있던 거겠지.

그러다 보면 편집에 들어가기 전에 유튜브로 찾아봤던 한 영상이 떠오른다. 그 영상 속에서 이 출연자가 했던 행동은 배려 덕분에 생긴 거였다는 게 납득이 된다. 그런 과정을 통해 나는 그의 마음을 이해하게 되고 사소한 행동들에 공감하게 된다. 그제야 그와 나 사이의 벽이 허물어졌다고 느낀다.

다시 앞으로 돌아가서 영상을 한 번 더 본다. 다른 출연자가 보인다. 현장에서 느끼기에 엄청 말을 많이 하고 크게 웃던 사람이었다. 영상 속에는 현장에서 내가 미처 보지 못한 부분이 보인다. 진행자가 말을 하고 있는 중에도 그는 잠깐씩 깊은 생각에 빠진다. 입가에 미소가 사라지고 미간을 잔뜩 찌푸린 표정이다. 그러더니 갑자기 어떤 에피소드를 이야기한다. 그는 대답을 하기 전에 머릿속으로 한번 정리하는 스타일인 것 같다. 아무 말이나 내뱉는 사람이 아니라 오히려 신중한 사람이다.

현장에서 들었던 그의 말들을 다시 들어보니 하나같이 영양가 있는 말들이다. 평소 미디어에 비친 모습은 생각 없이 아무 말이나 하고 깐죽거리는 이미지였는데, 이것은 알맹이가 아닌 포장지에 불과했구나. 그때부터 나는 이 사람의 알맹이를 더 보여주고 싶어진다. 포장지를 벗겨내고 진짜 모습을 시청자에게 전달할 수 있는 방향으로 편집을 해본다. 그렇게 또 벽이 허물어진다. 여기까지 편집하면 30분 정도의 분량이 나온다.

마지막으로 정리하는 시간을 갖는다. 처음부터 영상을 돌려보며 빠진 부분은 없는지, 과하거나 불편한 부분은 없는지 점검한다. 가장 많이 수정하는 부분은 분량이다. 출연자가 다수일 경우, 분량이 너무 적은 사람이 꼭 생기게 마련이다. 그 출연자에 대해 내가 충분히 고민했는지 되짚어본다.

편집되기 전의 2시간짜리 원본 영상을 찾아내, 그가 이야기했던 순간을 위주로 다시 본다. 편집할 때는 몰랐는데 그가 잔뜩 신이 나서 얘기했던 장면이 보인다. 그 장면을 다시 편집해서 추가한다. 그리고 다시 영상을 돌려보며 빼야 할 부분을 찾는다. 이 과정을 10회 정도 반복한다. 그러면 전체적으로 균형이 잡힌 영상이 나온다.

이제 출고해야 할 시간이 다가온다. 더 수정하고 싶은 부분이 있어도 손을 놔야 한다. 바로 그 순간 만감이 교차한다. 드디어 끝났다는 생각에 후련하기도 하고, 장점을 제대로 살리지 못한 것 같은 출연자가 남아 있는 것 같아 죄책감도 든다. 후회해도 이미 늦었다. 정해진 시간에, 콘텐츠는 뒤도 돌아보지 않고 시청자에게로 전달된다.

이 일을 하며 가장 뿌듯할 때는 '이 사람에게 이런 모습이 있는 줄 몰랐다'라는 댓글이 달릴 때다. 시청자가 출연자에 대한 새로운 모습을 알게 되고 그 모습을 좋아해주는 것이 나만 느낄 수 있는 기쁨이다. 그 기쁨을 느끼고 싶어서 계속 영상을 돌려본다. 2시간 남짓의 촬영본이지만 내가 할 수 있는 최선으로 출연자를 자세히 들여다본다. 아주 오래 지켜본다. 그럼 그의 알맹이가 보인다. 정말 사랑받을 자격이 있는 한 명의 사람이라는 것이 느껴진다. 그래서 나는 아직도 아주 오랜 시간을 들여 편집을 한다.

예전에 나태주 시인의 인터뷰 영상을 본 적이 있다. 학교 선생님으로 재직할 때 아무리 못되게 구는 학생들도, 자세히 보면 예쁘고 오래 보면 사랑스럽다는 마음을 담아서 〈풀꽃〉이라는 시를 지었다고 했다. 자세히 보아야 예쁘다고, 오래 보아야 사랑스럽다고. 너도 그렇다고.

이 짧은 시도 다시 한번 보니까 정말 사랑스럽다. 광화문 교보문고에 걸린 유명한 시라고만 생각했는데 계속 읽을수록 왠지 그 마음을 알 것도 같다. 내가 출연자들에게 느끼는 마음이 그렇다. 카메라 뒤 제작진을 믿고 출연해준 사람들을 좀 더 자세히 들여다보고 좀 더 오래 봐야겠다. 그리고 그들이 정말 예쁘고 사랑스럽다고 전달해주고 싶다. 이 마음이 내가 지켜야 할 초심이라는 것을 이제 알았다.

예측불가능하기에
무한가능하다

—

재재 언니와 만난 건 순전히 우연이었다. 원래 재재 언니는 기사를 쓰는 뉴스팀 소속이었고 나는 영상팀 소속이었는데 어쩌다 보니 둘이서 함께 영상을 기획하는 일을 맡게 되었다. 구성은 재재 언니가, 편집은 내가 담당했다. 출연자가 필요했는데 애석하게도 줄 수 있는 출연료가 한 푼도 없었다.

재재 언니는 사무실에서도 시도 때도 없이 춤을 추거나 노래를 불렀기 때문에 그럴 거면 차라리 카메라 앞에서 춰달라고 부탁했다. 그럼 다른 출연자를 섭외하지 않아도 되니까. 전체적으로 보자면 우리 둘 다 가내수공업 마인드였다. 돈이 없으니 직접 뛰자! 그게 우리의 시작이었다.

당시 유행하던 트와이스의 〈TT〉라는 노래를 영상 앞부분에 넣으면 10~20대 시청자들이 관심을 가져줄 것 같았다. 촬영하러 가는 차 안에서 나는 재재 언니에게 촬영 장소에 도착하면 오늘 찍을 주제에 맞게 살짝 개사해서 〈TT〉를 불러달라고 했다. 언니는 알겠다면서 메모장을 꺼내더니 순식간에 개사를 마쳤다.

그렇게 촬영 장소인 신촌에 도착했다. 재재 언니가 "야, 어디서 찍어?"라고 물어보길래 "저기 연대 정문 앞에서 찍자!"라고 답했다. 그러자 언니는 "좀 쪽팔릴 것 같은데?"라며 난색했다. 나는 아랑곳하지 않고 "괜찮아, 어차피 다들 관심 없을 거야. 1분 안에 찍자"라고 가볍게 설득했다. 가볍디가벼운 그 말에 언니는 연대 정문 앞으로 걸어갔다.

큐 사인이 떨어지자 언니는 방금 차 안에서 개사한 노래를 부르며 춤을 췄다. 그런데 오디오에 목소리가 안 담겨 있었다. "언니, 오디오 안 들어와서 다시 해줘야겠다!" 그러자 재재 언니는 곧바로 "오케이" 하더니 다시 큐 사인을 기다렸다. 두 번째 큐 사인이 떨어지자 언니는 방금 전과 똑같이 노래를 부르고 춤을 췄다. 그걸 보고 있던 내 머릿속에서 갑자기 물음표가 떴다. '잠깐만… 저 사람 직업이 뭐지? 왜 NG가 나도 불평 없이 하는 거야?'

신촌 한복판에서 노래를 부르며 춤을 추고 있었던 언니도 아마 어리둥절했을 것이다. 결국 그 장면은 전체적인 톤과 맞지 않아 편집됐다. 언니는 창피함을 무릅쓰고 찍은 영상이 다 날아갔는데도 콘텐츠를 위해서라면 빼는 게 더 좋겠다며 프로다운 면모까지 보였다.

그 후 우리는 촬영을 하러 가는 길마다 아이템에 대한 이야기가 아니라 '오늘은 어떤 춤으로 인트로를 찍을까?'를 더 치열하게 고민했다. "티아라 노래 어때?", "어제 인기가요 1위 곡 뭐더라?" 등등 회의 내용이 점점 음악 채널처럼 변했다. 재재 언니는 점점 더 창피함을 잊고 길바닥에서 춤을 추고 진행을 했다. 그럴 때마다 나는 계속 생각했다. '왜 잘하는 거지?'

연예인이나 유튜버의 정체성을 갖고 있지 않은데 막상 카메라 앞에 서면 누구보다 프로다운 모습으로 진행했다. 이렇게 인트로만 찍는 것이 아쉬워서, 재재 언니가 한 편을 진행자로서 끌고 가는 포맷의 다른 기획을 하고 싶었다. 그렇게 2~3주 정도 언니와 회의를 거친 끝에 문명특급이라는 기획이 나왔다. 재재 언니가 신문명을 직접 체험해보고 세상에 널리 전파하는 의도를 갖은 기획이었다.

첫 편으로 제작할 수 있는 가장 강력한 아이템이 무엇일까 고민했다. 미디어에서 많이 다루지 않았던 새로운 문화를 보여주는 것이 1순위였다. 당시에 '비혼식'이라는 단어가 세상에 슬금슬금 나오고 있었다. 재재 언니가 가죽 재킷을 입고 비혼식을 하면 정말 재미있을 것 같다는 생각이 들었다. 그때 재재 언니는 다른 기사를 취재하기 위해 사무실을 비워서 카톡을 보냈다.

밍키 언니 비혼식 할래?
재재 ㅇㅋㅇㅋ

이게 문명특급 1화 〈비혼식〉을 찍게 된 배경이다. 인터뷰를 할 때마다 비혼식은 어떻게 하게 됐냐는 질문을 꽤 많이 받았다. 우리는 비혼식을 복잡하게 생각하지 않았다. 비혼에 대단한 의미를 부여하기 위해 기획한 것도 아니고 위처럼 단순하게 결정했다. 하위문화라고 불리는 것들을 미디어를 통해 수면 위로 끌어내고 싶었을 뿐이다.

이때부터 야외에서 촬영을 할 때 재재 언니를 알아보는 사람이 한두 명씩 생겼다. 다양한 신문명을 체험하고 다니면서 재재 언니는 기획 PD의 역할과 진행자의 역할을 동시에 해야만 했다. 그래서 우리끼리 우스갯소리로 직장인이냐 연예인이냐 놀렸다. 재재 언니는 그룹 파이브돌스 출신의 〈이러쿵저러쿵〉 당사자 서은교 님에게 '연반인'이라는 소리를 들었다고 했다. '연예인 반 일반인 반'을 칭하는 것이라고 말했다.

우리는 이것을 문명특급 재재의 캐릭터로 녹이기로 했다. '연반인 재재'라는 캐릭터가 잡히면서 연예계의 신문명까지 다뤄도 어색하지 않게 됐고, 프로그램의 스펙트럼이 넓어졌다. 그렇게 계속 일을 하다 보니 평범한 직장인이었던 재재 언니는 연반인이 되었고 이제는 연예인의 영역으로 가고 있다.

나와 같은 직장인이었던 재재 언니는 다른 직업의 경계로 들어가고 있는데 옆에서 지켜보는 내 심경은 마냥 좋지만은 않다. 언니가 경계를 넘어가는 순간부터 악플의 문도 함께 열렸기 때문이다.

어느 날, 제주도에서 촬영이 잡혀서 일을 마치고 재재 언니와 함께 숙소에서 쉬고 있었다. 그러던 중 스마트폰을 보던 언니의 표정이 순식간에 어두워졌다. 이유를 물어보니 인스타그램으로 악의적인 메시지가 왔다고 한다. 그날 처음으로 나는 신촌에서 〈TT〉를 추던 재재 언니를 찍은 일을 후

회했다.

악플도 관심이라는 말을 쉽게들 쓴다. 그렇지만 나는 연예인이라고 해서 당연히 악플을 감수해야 한다고 생각하지 않는다. 말로 인격을 죽이는 살인미수나 마찬가지인데 이를 감당해야 하는 직업군이 세상에 어디 있을까. 요즘 들어 부쩍 재재 언니에게 죄책감을 더 크게 느낀다.

이제는 해맑게 콘텐츠를 제작하던 시절로 다시 돌아갈 수 없다. 나 또한 예전보다 더 큰 책임감을 갖고 우리 프로그램에 출연한 사람들이 악플의 표적이 되지 않도록 더욱 꼼꼼하게 편집하려 노력한다. 실수하지 않고 싶지만 실수할까 봐 두렵다. 재재 언니도 이제 공인으로서 책임감을 갖고 모든 행동을 검열하며 살아가야 한다. 언니도 나와 마찬가지로 실수할까 봐 두려울 것이다. 우리 둘 다 이런 영역은 처음이라 아직 시행착오를 겪으며 적응하고 있다.

당장 내일 어떤 일이 일어날지 모르겠다. 망할지, 대박이 날지, 논란의 중심이 될지, 화제의 중심이 될지, 아님 중심은커녕 철저히 외면당할지. 앞으로 어떤 형태로 변해 있을지 굳이 상상하지 않으려고 한다. 늘 내 예상과는 다른 방향으로 진행됐기 때문이다. 지난 5년처럼, 다음 5년 후도 예측이

불가능한 상태로 남겨놓고 당장 내일만 생각하며 살 거다.
과거가 예측불가능했기에 모든 일들이 무한히 가능해 보였
던 것처럼, 그러다 보니 예상치 못한 현재가 펼쳐진 것처럼.

90년대생도
팀장이
된다
—

7년 전, 친할아버지가 돌아가셨을 때 장례식장에서 어떤 아저씨를 만났다. 우리 아빠가 다니던 전전전직장의 후배라고 했다. 아빠는 다른 조문객과 이야기 중이셔서 내가 먼저 그분께 인사를 드리며 테이블에 앉았다.

그 아저씨는 나에게 구구절절 아빠와의 인연을 이야기했다. 자신이 신입 사원이던 시절 홍 부장님이 아니었다면 회사를 관뒀을 거라고 했다. 지금은 솔직히 연락하는 사이는 아니지만 할아버지 소식을 듣고 아빠를 만나고 싶어서 찾아왔다고 했다.

아빠는 어떤 면에서는 꽉 막힌 사람이다. 술도 싫어하고 친목도 싫어하고 아부도 못 해서 회사에서 환영받긴 힘든 캐릭터인데 아빠를 좋아하는 동료가 있었다니 조금 안도했다. 아빠는 내가 어렸을 때부터 차별은 죄악이며 인간은 모두 평등하다고 알려주셨다. 그 아저씨도 아빠의 그런 면을 나에게 이야기해주셨다. 직원을 성별로 차별하지 않았고 수평적인 의사소통을 하던 부장이었다며 지금 와서 생각해보면 감사한 일이라고 했다.

아빠의 딸인 나에게 아빠에 대한 존경심을 세뇌시켜 은혜라도 갚을 심산인 듯 그 후로도 미담은 이어졌다. 그 아저씨께 감사하면서도 한편으로는 아빠가 참 외로운 아웃사이더로 살았을 것 같다는 생각에 짠해졌다. 아빠의 태도에 공감하는 사람은 여태껏 그 아저씨 딱 한 명이었으니까 말이다. 그리고 7년이 지난 지금, 아빠의 딸인 나도 아웃사이더가 되었다.

방송 시스템은 이미 오랜 시간을 거치며 굳어졌다. 방송국에는 프리랜서도 있고 계약직도 있고 파견직도 있고 정규직도 있다. 내가 프로그램을 만들 때는 '동일 노동, 동일 임금'에 대한 규칙은 지켜나가고 싶다. 이것이 내가 이 일을 하는 이유 중 하나다. 어쩌면 백지라고 할 수 있는 뉴미디어업계가 새로운 규칙을 제시할 수 있지 않을까 하는 기대를 실현시키기 위해서. 실제로 우리 조직에는 나 같은 생각을 하는 아웃사이더들이 모여 있다. 그래서 이 안에서는 우리의 의견이 주류가 된다. 아빠는 외로웠겠지만 나는 다행히 같은 생각을 하는 동료가 있어서 마음이 놓인다.

문명특급은 5주년을 맞이한 시점부터 새로운 콘텐츠를 보여주는 것을 넘어서, 미디어업계에 새로운 제작 시스템을 제시하는 것에 목표를 두었다. 프로그램을 위해 일하는 제작진이 오래 일할 수 있는 환경을 만드는 것이 프로그램이 롱런할 수 있는 방법이라고 생각한다. 그러려면 이익을 내야 하고 광고주도 만족시켜야 한다. 동시에 자칫 안일해지기 쉬운 가장 기본적인 부분을 놓쳐선 안 된다. 시청자에게 외면당하지 않도록 콘텐츠의 질을 높여야 한다. 둘 중 하나라도 놓치면 프로그램은 망가진다. 여태껏 만들어온 것들이 더 단단해질 수 있도록 매주 새롭게 쌓아나가고 있다.

나로서는 요즘 어떤 팀장이 되어야 하는가에 대한 고민이 가장 크다. 다행히 나와 함께 일했던 팀장들은 능력이 뛰어난 사람들이었기 때문에 그들의 강점을 한 개씩만 배워서 연습해보려고 한다.

A   리따(이아리따) 타입

차별에 민감한 팀장. 어떤 업무를 하건 동일한 가치를 부여한다. 작은 일을 맡기더라도 어떤 방향으로 이 업무를 처리해야 팀원이 성장할 수 있는지 제시하는 유형.

B   데릭(하대석) 타입

자신의 실수를 3초 만에 인정하는 팀장. 고집 부리지 않고 "미안하다, 잘못 생각했다"라는 말을 입에 달고 산다. 생산적인 대화로 더 좋은 아이디어를 찾는다. 고였더라도 썩지 않도록 소통하는 유형.

C   라이키(정연) 타입

배짱과 배포가 있는 팀장. 팀원의 실수를 책임지고 해결해준다. 피곤해 보이면 무조건 커피를 사 주고, 점심에는 맛있는 걸 사 주고, 당이 떨어진 것 같으면 간식을 주문해준다. 말 대신 표현으로 보여주는 유형.

D   크롱(하현종) 타입

사업적으로 수익을 창출하는 능력이 탁월한 팀장. 프로그램은 이익을 내야 하고 그 이익은 팀원들에게 돌아가야 한다고 믿는다. 광고주와 시청자 사이의 선순환을 최우선으로 두고 안정적인 구조를 만드는 유형.

E   해리(정상보) 타입

어려운 일이 생겼다고 했을 때 곧바로 해결책을 내는 팀장. 자신이 모르는 분야에서 문제가 생기면 지인을 소개해주고 문제를 풀어나갈 수 있게 도와준다. '가장 큰 난관에 부딪혔을 때 누구에게 도움을 청할 것인가'라는 질문을 들었을 때 가장 먼저 전화하고 싶은 사람 1순위. 위기상황에 대처 능력이 뛰어난 유형.

* 팀장마다 당연히 단점도 많지만 잡초를 뽑으려는 게 아니라 꽃을 따려는 것이니 참고하길 바란다.

그저 영상을 찍고 싶어서 시작한 일인데 점점 식구들이 늘어나면서 어쩌다 팀장이 됐다. 솔직히 그동안은 외면하고 싶었다. 팀을 이끌어야 하는 책임감까지는 나에게 너무 무거운 짐이었다. 하지만 작년부터 그 책임감을 인정하기로 했다. "어휴, 때려치워야지!"라는 말은 팀원들 앞에서 잠시 접어두려고 한다.

이왕 이렇게 된 거 나와 짧게라도 인연을 맺은 제작진들이 모두 잘됐으면 좋겠다. 계속 문명특급에 남아 있지 않더라도 우리를 발판 삼아 더 좋은 환경에서 일하게 됐으면 좋겠다. 이런 의지가 새로운 원동력이 됐다. 예전에는 개인의 성취를 위해 일했다면, 이제는 함께 일하는 사람들까지 더 좋은 평가를 받길 바라는 마음으로 일하고 있다. 그런데 타인을 위해 일하는 지금이 과거보다 더 나은 성과를 내고 있다. 혼자 살아보려고 일할 때보다 오히려 성취감이 크다. 그렇기에 나 자신을 위해서라도 능력 있는 제작진과 오래 일할 수 있는 환경을 만들 것이다. 아빠와는 다르게 우리는 'NEW 미디어'니까 현실 가능한 꿈이지 않을까.

진정한 성과나
성공의 의미는
스스로 정한다

—

나의 동년배라면 "내가 다 겪어봐서 아는데"라는 말이 귀에 딱지로 앉았을 것이다. 조언을 못 하고 죽은 귀신이 단체로 어른들의 영혼에 들어갔는지 왜들 그렇게 조언을 하려고 안달일까. 나도 30년을 살면서 무수한 조언을 들으며 자라왔고 여전히 조언의 늪에서 헤어나오지 못했다.

사석에서 어른들과 대면했을 때 공통적인 국민 레퍼토리가 있다. 먼저 요즘 힘든 일은 없냐고 묻는다. 상투적인 질문에 나는 일이 많아서 힘들다고 기계적으로 답변한다. 그러면 조언을 할 건수를 잡았다는 듯 눈빛이 초롱초롱해진다. 그러면서 꼭 이런 말을 한다.

"나도 너 나이 때 일해봐서 아는데 그때 아니면 그렇게 못해."

이처럼 영양가 없는 문장이 또 있을까. 아무런 해결책도 없고 위로도 안 된다. 이 레퍼토리에서 조언을 하지 않고 대화를 마무리하는 다른 방법이 있다. 아무 말 없이 달달한 커피 기프티콘을 보내는 것이다. 비싼 것도 필요 없다. 딱 5천 원짜리면 된다. 백 마디 조언은 기프티콘으로 대신하는 것이 바람직하다는 걸 생활 속 꿀팁으로 알아두면 좋겠다.

이런 사적인 조언을 하는 정도는 귀엽다. 가장 골치 아픈 것은 업무를 할 때다. "내가 다 겪어봐서 아는데 이런 식으로 하면 안 돼"라는 말로 현재 내가 하는 일을 기준 이하로 만든다. 가장 많이 듣는 조언은 "PD가 한 프로그램만 오래 잡고 있으면 안 돼"라는 말이다.

문명특급에 계속 몸담고 있는 나를 볼 때마다 어른들은 안타까운 마음에 조언을 아끼지 않으신다. 한 프로그램만 오래 잡고 있으면 나에 대한 평가도 안 좋아질 거라며 말이다. 애정 어린 마음은 정말 감사하지만, 애초부터 나는 업계에 도는 나에 대한 평가를 전혀 중요하게 생각하지 않는다. 남들이 평가하는 나보다, 스스로 설정한 목표를 이뤘는지가 더 중요하다. 그래서 일반적으로 통용되는 성과의 기준에서 나는 저 멀리 벗어나 있다.

PD로서 성과의 기준이 계약금을 많이 받고 회사를 이적하는 것이라면 업계의 평가를 신경 써야 한다. 구미가 당길 만한 퍼포먼스와 포트폴리오를 만들어야 한다. 그런데 내 성과의 기준은 행복과 즐거움에 있다. 지금 하는 일 덕분에 내가 얼마나 행복하냐가 내 성과 지표다. 지금은 문명특급을 만들면서 충분히 즐겁게 일하고 있으니 나로서는 성과를 달성한 거다. 만약 PD를 그만두게 된다면 그때는 이 일이 더이상 즐겁지 않을 때일 것이다.

조언에 대한 답변으로 이 말을 그대로 하면, 마치 다 같이 준비라도 한 듯이 두 번째 조언이 등장한다. "출연자 의존도가 높은 PD로 낙인 찍힐 수 있어"라는 말이다. 그런데 나는 실제로 출연자에게 의존하는 PD가 맞다. 풍경이나 현상보다는 사람의 이야기를 담는 게 더 즐겁고, 그래서 사람이 주인공이 돼야 하기 때문에 출연자가 없으면 연출자로서의 내 역할이 없다고 생각한다. 내가 가진 직업인으로서의 소신은, 연출자는 출연자의 그림자가 돼야 한다는 거다. 당연히 밖에서는 연출자가 하는 일이 전혀 보이지 않을 테고, 내가 하는 일은 크게 인정받지 못할 수도 있다. 그런데 나는 인정

안 받아도 되고, 큰 꿈도 없다. '그냥 그런 연출자'로 사는 게 뭐 어떤가.

이 말을 또 그대로 하면, 세 번째 단계로 넘어간다. 자신들의 조언 대로 하지 않으면 아예 믿어주지 않는 거다. 어리석고 아직 뭘 몰라서 그런다며 '다름'을 '틀림'으로 받아들인다. 그런 분들에게 나는 내 기준도 맞는다는 걸 계속해서 증명해야 할 것 같은 노이로제가 생긴다.

노이로제에 빠진 내 동년배들을 만날 기회가 몇 번 있었다. 초반에 문명특급 팀을 인터뷰하기 위해 찾아온 기자들이 생각난다. 재재 언니도 잘 알려지지 않았고 심지어 나는 그냥 일반인일 뿐인데 우리에게 요청이 온 게 신기했다. 재재 언니와 나는 '우리를 왜 인터뷰할까'라는 생각보다 '상사가 허락해줬을까'가 더 궁금했다.

그렇게 찾아온 기자들은 하나같이 전투력이 높아진 상태였다. 그래서 인터뷰 진행도 아주 열정적으로 했다. 인터뷰 전에 그들에게 상사가 이 일을 허락한 이유를 물어봤다. 그랬더니 기자는 거의 이틀 동안 설득했다면서 아주 해탈한 표정을 지었다. 그래서 우리는 아주 열심히 인터뷰에 응했다. 이 인터뷰가 화제가 되어야 여기까지 발걸음을 해준 기자들의 선택이 틀리지 않았다는 걸 증명할 수 있기 때문이었다.

믿어주지 않는 사람들에게 나를 계속 증명해야 하는 일은 아주 피곤하고 에너지 소모가 심하다. 하지만 증명하지 않으면 그들이 조언하는 방식을 따라야 하기 때문에 다른 선택지가 없다. 정말 웃기는 건 겪어보지 않은 사람들이 꼭 조언을 한다는 거다. 자신도 무서워서 안 가본 길인데 세상 모든 길을 다 걸어본 것처럼 말한다. 정작 그 길을 걸어본 사람들은 굳이 조언하지 않는다. 그 목표에 도달하는 길이 자신이 걸어본 길 말고도 아주 다양하다는 걸 알기 때문이다.

"아휴, 아직 어리니까 이런 글도 쓰지"라고 생각하는 당신이 바로 프로 조언러다. 지금 이 글을 쓰고 있는 나에게 조언하고 싶어서 입이 근질근질한 당신에게 이 글을 바친다.

포기해도
안 죽는다

—

자격지심이 있는 타입은 무언가 포기해야 하는 상황이 오면 굉장한 자괴감에 빠진다. 다른 사람이 아닌 내 얘기다. 어렸을 땐 꽤 해맑았는데 나이가 들수록 이런 성향이 계속 짙어졌다.

시작점은 아마 고등학교 3학년 수험생 시절인 듯하다. 수능을 보기 전에 살 떨리는 3번의 모의고사를 거치는데, 내 점수는 의외로 상승곡선을 그렸다. 이 정도면 원하는 대학에 붙겠지 싶었다. 교과서와 공책을 다 꺼내서 '○○대학교 10학번 홍민지'라는 설레발이 가득한 이름표도 붙였다. 추석 때 모인 어른들 앞에서는 무조건 그 대학에 갈 거라며 호언장담을 늘어놓았다. 덮어두고 싶던 흑역사인데 실제로 그 대학교까지 가서 내가 곧 다닐 대학인냥 뒷짐을 지고 한 바퀴 돌고 오기도 했다. 우리 집에서 지하철로 통학하면 얼마나 걸리는 지 확인할 겸 다녀왔다.

이런 다채로운 뻘짓을 할 만큼 그 대학을 너무도 간절히 다니고 싶었다. 수능 날 당일, 1교시 언어영역 듣기 평가를 하는데 이번 시험은 망할 것 같다는 직감이 들었고 뼈 마디 마디에 쎄한 바람이 훅 들어왔다. 수능은 내 생각보다 호락 호락하지 않았다. 역대 최저 점수가 찍힌 성적표를 보고 펑 펑 울었다. 당연히 내가 가고 싶었던 대학은 지원도 못 해보 고 포기해야 했다.

인생에서 무언가를 이렇게 간절히 원했던 것이 처음이 었다. 그리고 그것을 포기해야만 했을 때 느낀 좌절감 또한 처음이었다. 내 몸과 정신이 동굴 속으로 빨려 들어가는 것 같은 기분이 들었다. 며칠을 침대에만 누워서 원하는 대학을 가지 못했을 때의 모습을 상상하며 최악의 시나리오를 그렸 다. 남은 건 인생의 실패자 딱지가 박힌 내 모습이었다.

성인이 된 후에는 포기해야 할 게 점점 많아졌다. 내가 대학교 2학년이었던 2011년에 '삼포세대'라는 말이 나왔다. 사회경제적 상황으로 인해, 연애·결혼·출산이란 세 가지를 포기하거나 미루는 청년 세대를 뜻하는 말이라고 정의했다. 수능 성적은 내 탓이었지만 금수저와 흙수저로 나뉜 헬조선에서 사는 일은 내 능력 밖의 일이었다. 눈을 감았다가 뜨니 어느새 우리 세대는 '사포세대'가 됐다. 연애·결혼·출산·인간관계를 포기한 것으로 정의했다. 여기서 더 포기할 게 있을까 싶겠지만 아직 남았다. 우리는 곧 '오포세대'가 되었다. 집과 경력을 포함하여 다섯 가지를 포기한 상태이다. 그리고 얼마 지나지 않아 우리는 희망과 취미까지 포기한 칠포세대가 되었고, 편의를 위해서인지 아예 대놓고 'N포세대'라고 부르기 시작했다. 그래서 90년생인 나는 '포기'라는 단어에 아주 진절머리가 난다.

그런데 최근에 신선한 경험을 했다. 포기를 했는데 좌절감이 아닌 행복감을 느낀 일이다. 그것이 나에겐 새로운 문이 열리는 순간이었기 때문에 그 과정을 기록으로 남겨보고 싶다. 이것은 불과 일주일 전의 일이다. 문명특급 팀은 꽤 큰 기획물을 준비하고 있었다. 편성팀에서 특별 기획 편성 시간을 마련해줬다. 우리 팀에겐 절대 놓치고 싶지 않은 아주 좋은 기회였다. 그런데 가장 중요했던 출연진의 섭외가 어그러졌다. 그 출연진은 정말 피치 못할 사정으로 나올 수 없게 됐다. 나로서는 손쓸 도리가 없었다.

꼭 안 좋은 일은 한꺼번에 온다. 몇 시간 후 다음 고난이 쓸려왔다. 진행되던 PPL 계약들이 취소된 거다. 계약 성사 직전이었기 때문에 그 비용을 감안해서 제작비를 짰는데 원래 지으려던 세트를 취소해야 하는 상황으로 이어졌다. 나는 하현종 대표를 찾아갔다. 이러한 사정 때문에 벼랑 끝에 몰려 있다고 이야기를 했다. 대표가 내놓은 해결책은 포기하라는 것이었다. 매번 최고점을 받는 것보다 가끔 최저점을 받아도 평균값을 유지하는 게 오래 버티는 비결이라고 했다. 이제까지는 좋은 성과를 냈으니 이번엔 최저점을 받아도 괜찮다는 논리를 펼쳤다. 꽤 그럴듯하게 들렸다. 인생을 살면서 누군가 나에게 최저점을 받아도 된다고 얘기해준 사람은 없었다. 엄마도, 선생님도, 심지어 친구들도 잘해내야 한다는 얘기만 했다.

그래서 처음으로 포기했을 때의 다음 방안을 생각해봤다. 내가 가장 하기 싫었던 '재방송'을 내는 것이었다. 유튜브에 올라간 콘텐츠들을 다시 편집해서 티브이에 방송하면 제작비를 줄일 수 있고, 굳이 다시 섭외를 하지 않더라도 이미 섭외된 출연자들을 다시 보여줄 수 있다. 단점은 시청자는 봤던 걸 또 보는 것이기 때문에 새로움을 느끼지 않을 것이다. 이것은 PD로서 가장 게으른 판단이다. 가장 꺼내기 싫었던 플랜B를 얘기했는데 대표는 그것이 오히려 더 좋은 방법이 될 거라고 했다. 제작진들이 벼랑 끝에서 고통을 받으며 시청률 3프로를 만드느니, 이미 찍어온 걸로 재편집을 해서 제작진의 행복을 챙기면서 시청률 2프로를 받는 편이 더 이득이라고 했다.

그래서 나는 새로운 그림은 포기하는 길을 택했다. 그런데 기분이 나쁘지 않고 오히려 정신이 맑아졌다. 무엇을 포기했다기보다 내가 할 수 있는 최선의 선택을 했다는 생각이 들었다. 신기하게도 거기서부터 새로운 아이디어가 나왔다. 시청자들이 재방송이라고 느껴지지 않도록 MC를 섭외해서 VCR을 보는 형태의 포맷을 시도하기로 했다. 그리고 섭외하지 못한 그 출연자도 포기하기로 했다. 더 이상 서로 스케줄을 맞추기 위해 시간을 허비하지 않기로 했다. 대신 다른 구성으로 보여줄 수 있는 재미를 찾기 위해 다시 회의를 했다. 거기서 또 새로운 아이디어가 나왔다. 진행자인 재재 언니가 특별무대를 하는 것이다. 그 출연자가 섭외됐다면 생각하지도 않았을 플랜B였다. 다행히 이 기획물은 좋은 반응을 얻었다.

포기하면 낭떠러지로 떨어지는 줄 알았는데 아니었다. 어딘가에 플랜B가 존재하고 있었다. 그리고 그 플랜B가 오히려 더 새로운 시야를 준다는 걸 알았다. N포세대인 나에게 포기라는 단어가 긍정적이게 들리기 시작했다. 이제 해탈의 경지에 다다른 걸까 생각했는데, 그게 아니었다. 이제까지는 타인이나 경제, 사회적인 문제에 의해서 포기했던 경험이 많았다. 하지만 자의에 의한 포기는 오히려 생산성을 높인다. 맥주를 따를 때를 생각해보면 그렇다. 잔에 꽉 차게 채우고 싶어서 욕심을 부리다가 조금이라도 넘치면 휴지를 뽑아와야 하고, 테이블도 닦아야 하고, 옷까지 맥주가 흘러서 빨아야 한다. 이런 여러 가지 귀찮은 상황들이 딸려 오는 거다. 그래서 딱 적당히 안 넘칠 만큼만 따라야 내 인생이 덜 피곤해진다.

수능이 끝나고 이것을 알았더라면 나는 그 대학에 가지 않고도 내가 할 수 있는 다른 일들을 찾아봤을 것이다. 이제 적당한 시점에 스스로 포기하는 법을 익힐 것이다. N포세대로 계속 살아가겠지만, 이제는 내가 포기하는 것들이 많아져도 행복해질 수 있는 플랜B를 찾고 싶다.

잘하는 것을
하기보단
못하는 것을
하지 않는다

—

취업에 목말랐던 대학 시절에 어떤 강연을 들은 적이 있다. 대기업에서 인사부장을 역임했다며 굉장한 자부심을 갖고 있던 강사의 강연이었다. 그는 자기만의 강점을 찾으라고 수백 번 강조했고, 내 속은 듣는 내내 갑갑했다. 강점이 없는데 어떻게 찾으라는 건지 모르겠어서.

애초에 나는 가진 재능이 많지 않다. 어떤 과목을 특출나게 잘했던 것도 아니고, 음악에 소질이 있는 것도 아니고 그림을 잘 그리는 것도 아니고 운동을 잘하지도 않았다. 그냥저냥 평균값을 유지하며 살아가는 학생이었는데 갑자기 강점을 찾아내라고 하니까 괜히 배신감이 들었다. 그래서 잘하는 걸 찾는 대신에 못하는 걸 안 하는 방식을 택했다.

돈 계산에 약하니 예산을 짜는 일과 관련된 직업은 삭제했고, 시나리오 수업 때 최저점을 받은 걸 계기로 영화와 관련된 일도 제외했다. 많은 사람과 소통하는 일은 자신 없어서 관련된 일도 배제했다. 카메라 앞에 서는 일도 못 했기 때문에 뺐고, 엑셀은 표만 봐도 어지러워서 엑셀을 많이 쓰는 직업도 걸렀다. 정장을 입어야 하는 일이라면 몇 시간 못 버틸 것 같았고, 엄격한 규율이 있다면 따를 자신이 없었기 때문에 처음부터 고려하지 않았다. 그렇게 계속 지워가다 보니 남은 직업은 PD와 광고직이었다. 그래서 딱 두 분야에만 지원했다. 내가 그 일을 잘할 능력이 있다고 자부해서라기보다는 최악의 수준은 아닌 차악의 직업이라고 생각해서.

그렇게 차악을 택해서 지금은 PD가 됐는데 이 선택에 나름 만족하고 있다. 그 이유는 PD가 하는 일이 처음부터 잘하지 않아도 괜찮은 일이기 때문이다. 난 첫 번째 시도에 늘 미끄러지는 편이다. 익숙한 일이 아니면 긴장을 많이 하고, 그런 탓에 판단력이 떨어진다. 그래서 두 번째 기회가 없다면 늘 최저점을 기록한다. 예를 들어서 굵직한 것들만 말하자면, 가을 운동회에서 달리기를 하면 '탕' 하는 소리에 놀라서 늘 꼴찌로 출발했다. 중학교 때 첫 중간고사도 망쳤고, 고등학교 때 첫 수능도 망쳤고, 대학에 다니며 처음으로 최종 면접까지 간 기업 면접도 떨어졌다.

그런 면에서 방송국에서 하는 일들 중 PD가 그나마 낫다. 촬영 현장에서 잘못을 하거나 그림을 놓쳐도 편집으로 수습할 기회가 생긴다. 편집하는 과정 중에 실수를 해도 Ctrl+Z 키를 눌러서 되돌릴 수 있고 Ctrl+X 키를 눌러서 오려낼 수도 있다. 가장 마음에 드는 결과물이 나올 때까지 수정할 수 있고 저장할 수도 있다. 편집기 앞에서는 운빨도 통하지 않고 꼼수를 부릴 수도 없다. 오직 내가 들인 정성과 노력에 비례해서 결과물이 나온다. 촬영 감독은 한 큐에 잘 찍어야 하는 부담이 있고 아나운서도 생방송을 실수 없이 한 방에 진행해야 한다. 기자도 실시간 현장을 절대 놓쳐선 안 된다. 하지만 편집은 내가 마음먹기에 따라 열 번째 기회까지 가질 수 있다.

"잘하는 것을 하면 돼"라는 태연한 한마디에 괜히 배신감이 들고 위축된다면, 나처럼 못하는 것부터 지워가며 최악을 피할 수 있는 직업을 찾아보는 것도 괜찮은 방법이다. 잘하는 걸 억지로 찾으려다 보면 자괴감에 빠질 수 있다. 또 잘하는 걸 더욱 잘하려고 하다 보면 어느 순간부터 스트레스를 받는다.

내가 생존해온 방식은 차라리 못하는 걸 끝까지 외면해 버리는 거다. 못하는 걸 잘하려고 노력하지도 않는 편이다.

고등학교 때 제2외국어로 일본어를 선택했는데 도저히 못 따라가겠는 것이다. 그래서 그냥 안 했다. 9등급을 받았는데 선생님이 일본어를 공부하라고 했다. 그래서 선생님께 "저 말고도 일본어를 잘하는 사람이 많으니까 그 사람들이 사회에서 필요한 일을 하지 않을까요?"라고 말씀드렸다. 고등학교를 졸업한 지 오래됐지만 여전히 일본어를 9등급 받았다 해서 생기는 불이익은 없다. 못하는 걸 포기하면 스트레스도 많이 쌓이지 않고 그 시간에 다른 일을 하면서 더 효율적으로 나를 활용할 수 있게 된다.

앞으로도 못하는 일은 그냥 안 하면서 살 것이다. 나 말고 잘하는 사람이 세상천지에 널렸는데 나까지 뭐 하러 잘하려고 아득바득 애쓰며 살아야 하나 싶다. 대신에 내가 잘 못하는 건 다른 사람에게 도움을 구하고, 누군가 나에게 도와달라고 하면 기꺼이 도와주면서 상호보완적인 인간관계를 만들고 싶다. 여태껏 나는 못하는 걸 포기하면서 생존하는 대신에 누군가와 협업하는 능력을 키우는 중이다.

TV 특별판으로 〈컴눈명 스페셜〉을 진행하게 됐을 때 음악 방송 포맷을 처음 해봐서 자신이 없었다. 음악 방송을 보면 1번 카메라부터 7번 카메라까지 있고, PD들이 커팅을 한다(커팅이란 아티스트가 공연을 할 때 원샷이 나왔다가 풀샷이 나오고 그룹샷으로 넘어가는 지점을 PD들이 콘티를 짜서 디렉팅하는 일이다). 이 일을 내가 배워서 할 수도 있었다. 하지만 배운다고 해서 꼭 잘할 것 같지도 않고 못하는 걸 굳이 배우고 싶지도 않았다. 그래서 경력이 오래된 능력자를 찾아 도와달라고 했다. 민선홍 PD님은 오랜만에 하는 일이라면서 즐거워하며 흔쾌히 응해주셨다.

더불어 내가 무대 연출을 처음 하다 보니 실수가 많을 것 같았다. 그래서 촬영팀을 찾아가서 제가 너무 못할 것 같은데 제일 잘하는 선배님들과 할 수 있겠냐는 부탁을 드렸다. 그랬더니 농담 삼아 "막내 나이가 쉰이야"라고 하시며 가장 오랜 경력자 촬영 감독님들과 팀을 맺어주었다. 실제로 현장에서 내가 아주 진행을 못했는데 내 낮은 역량을 커버해줄 수 있는 감독님들이 계셔서 무사히 녹화할 수 있었다.

결론적으로는 내가 제일 못하는 일을 함께라서 잘할 수 있게 됐다. 반대로 감독님들은 신선한 기획에 참여해서 즐거웠다는 의견을 주셨다. 내가 가진 새로운 아이디어와 높은 역량을 가진 전문가들이 합쳐져 서로 상호보완적인 관계가 형성된 것이다.

능력 위주로 인정을 받는 사회 속에서 태어난 우리는 세상에 태어난 이상 무엇 하나는 자신 있게 잘해야 한다는 강박에 휩싸이게 된다. 아마도 태어났을 때부터 뭐 하나라도 잘해야 한다는 말을 듣고 자랐기 때문 아닐까. 그래서 잘해내지 못했을 때 열등감이 폭발하고 자신과 비교되는 사람을 난도질하는 방식으로 분노를 푸는 갈등도 일어난다.

자신 있는 일이 하나도 없어도 자신 없는 일을 지워가며 내가 할 일을 찾아내고, 자신의 부족한 점을 인정하여 타인에게 도움을 구할 수 있는 것도 용기라 인정받는 사회가 되길 바란다. 그렇게 성장한 능력으로 또 다른 사람을 도울 수 있는 동료가 많아지면 좋겠다.

영웅이
되는 것을
원한 적 없다

—

    고전 속담이나 사자성어를 보면서 시대를 거스르는 통찰력에 감탄하는 경우가 많다. 하지만 '난세에 영웅 난다'라는 말은 요즘 시대에 쓰기에 정말 촌스러운 표현 같다. 그런데 어른들은 이 표현을 실생활에서 꽤 많이 사용한다.

    대학에 다닐 때 익명의 모 어른과 이야기를 나눌 일이 있었다. 요즘 가장 힘든 일이 뭐냐고 묻길래 취업이 안 돼서 힘들다고 했다. 그는 현재 나라의 경제 상황이 안 좋지만 난세에 영웅이 난다고, 꼭 기업에 취업하는 일 말고 창의적으로 생각해보라고 말했다. 글로벌 시대이니 해외 취업으로 눈을 돌려본다든가, 아주 창의적인 아이디어로 스타트업을 본인이 만들어본다든가, 아니면 요즘 핫하다는 어플리케이션을 개발해서 대박이 날 수도 있지 않느냐고.

영웅이 되고 싶다고 한 적이 없는데도 불구하고 어른은 영웅이 될 수 있는 대단히 엄청난 비법들을 나에게 전수해줬다. 그러면서 주식 투자 서적에서 본 듯한 '위기는 곧 기회다' 라는 명언을 남겼다. "저는 그냥 남들처럼 다닐 직장이 필요할 뿐이에요." 내가 이렇게 말하자 어른은 혀를 끌끌 차며 요즘 젊은이들이 이래서 더 나아가지 못하는 거라고 했다.

어른들은 영웅이 되는 비법을 빌미로 젊은 세대에게 희망을 주입하고 싶어 한다. 이소룡 영화를 보고 자란 탓일까? 주윤발의 카리스마를 좋아하는 탓일까? 더 깊이 고찰해보자면 한국 전쟁을 겪은 그들의 부모님으로부터 받은 영향일까? 민주화 운동의 전선에서 사회적 변화를 온몸으로 겪은 탓일까? 눈앞에 보이는 난세와 치열하게 싸워온 윗세대에 대한 경외심은 당연히 갖고 있다. 하지만 지금은 그때의 난세와 환경이 다르다. 보다 개인적이고 내밀해서 한 명의 강한 리더가 특정 그룹의 멱살을 붙잡고 끌고 가는 형태의 조직 사회는 더 이상 강력한 힘을 발휘하지 못한다. 우리에게 위기가 왔을 때 영웅을 바라기 보다는 개인이 어떠한 직업 윤리를 갖고 어떤 자세로 각자의 역할을 수행해야 하는지 그것에 대해 토론해야 하고 교육해야 한다.

최고가 되는 방법은 궁금하지 않다. 최선으로 사는 방법이 궁금할 뿐이다. 그런데 나는 최고가 되어야 한다는 교육만 받고 자랐고 지나 보니 그 점이 아쉽다. 인터뷰로 만난 윤여정 선생님께서 "최고가 아니라 최중(완전한 중간)으로 살아보는 것은 어떠냐?"라는 말씀을 하셨다. "야! 너두 영웅이 될 수 있어!"라는 뜬구름 잡는 이야기만 듣다가 덕분에 위로가 됐다.

감사하게도 문명특급이 전보다는 영향력을 갖게 됐다. MZ세대의 대표 프로그램이라고 이야기하는 관계자들도 생겼고 기사도 났다. 한 인터뷰에서 "뉴미디어의 대표주자가 된 소감이 어떻습니까?"라는 질문을 받았다. 나와 재재 언니는 "대표인 줄 몰랐어요"라고 답했다. 진행자는 "대표라는 얘기를 들으면 기분이 좋지 않습니까?"라고 되물었다. 기분이 나쁠 것까진 없지만 그렇다고 하늘을 날아갈 것 같은 감정이 들진 않는다. 인생에 별로 효용가치가 없는 비싼 선물을 받은 느낌이다(칭찬으로 한 이야기에 태클을 걸어 죄송하다).

하지만 매일 내 자리를 보전하는 것만으로도 숨이 차서 영웅이 되길 바란 적도 없다. 그런데 어른들은 최고, 대표, 영웅 이런 수식어를 누군가에게 꼭 붙이고 싶어 한다. 그러다 고꾸라지면 도와주지도 않고 도망가는 사례를 많이 봤다. 그러니까 앞으로도 나에게 최고가 되라는 이야기는 안 했으면 좋겠다. 그것보단 "잘 버티고 있어!"라는 말이 심장을 찌릿하게 만드는 적절한 칭찬이다.

주변의
소음을
제거한다

—

'연예인병'이라는 말을 고등학교 때인가 어떤 예능에서 처음 들었다. 당시 어떤 배우가 토크쇼에서 한 이야기였다. 무명이던 자신이 갑자기 유명해지자 연예인병에 걸리게 됐고 주변인들이 매우 힘들어했다고 한다. 그때 어떤 선배가 정신 차리라고 말해줘서 자신의 병증을 깨달았고, 지금은 주변인들이 휘두르는 채찍에 맞아가며 회복 중이다. 요약하자면 이런 내용이었다. CG까지 희미하게 기억에 남는데 그 배우가 병상에 누워서 말풍선에 "커피 좀 가져와~"라는 자막이 등장했던 것 같다.

솔직히 TV를 보면서 좀 비웃었다. 연예인병에 왜 걸리는지 공감할 수 없었기 때문이다. 그런데 지금은 그 시절의 내 정강이를 걸어 차주고 싶다. 지금의 내가 그 연예인병을 앓고 있다. 물론 그 배우가 앓던 증상과는 다르다. 내가 겪고 있는 연예인병의 증상은 이렇다.

1 연예인이 나오면 조회수를 더 편하게 올릴 거라는 생각이 자연스럽게 든다.
2 연예인을 섭외하는 데 오랜 시간과 과한 정성을 쏟는다.
3 연예인 섭외에 실패하면 세상이 무너진 것 같은 기분이 든다.
4 연예인이 출연해야 프로그램이 흥할 거라는 망상에 빠진다.
5 포맷에 대한 고민보다 조회수를 올려줄 연예인이 누군지 고민한다.

연예인병에 걸렸다는 것을 알게 된 건 비교적 최근이다. 우리 팀에서 몇 주간 굉장히 공을 들이던 섭외가 최종적으로 불발된 적이 있다. 이 섭외만 성공한다면 높은 조회수는 무조건 보장된 거라고 굳게 믿고 있었다. 그래서 섭외에 실패한 그 순간, 멘탈이 나가버렸다. 그러다가 결국에는 프로그램이 망할 거라는 최악의 상황까지 혼자 상상했다. 불면증은 심해지고 사무실에서 편집하던 중 숨이 쉬어지지 않는 경험까지 했다.

다른 출연자를 찾아 헤맸다. 하지만 그 후에도 섭외는

족족 실패했고 일주일 정도를 허비했다. 소위 '인기 있는' 연예인 출연자가 나오지 않으면 시청자가 떠나갈 거라고 절망에 빠져 있을 때, 옆에 있던 오한주 PD가 말했다.

"저희, 섭외보다는 포맷을 먼저 생각해야 하지 않을까요?"
"유명한 출연자가 나오지 않으면 이 기획 자체가 엎어지기 때문에 지금은 포맷을 생각할 단계가 아니야."

단호하게 끊어내고 집에 와서 누웠는데 오한주 PD의 그 말이 계속 떠올랐다.

'내가 언제부터 출연자의 인기에 기대서 기획을 했지?'

아무런 아이디어 없이 섭외 한 방으로 끝내겠다는 굉장히 게으르고 안일한 판단이었다. 문명특급에 연예인 출연자가 늘어나면서 점점 조회수가 상승곡선을 그리고 있었기에, 연출자인 내가 상황에 취해서 프로그램의 본질보다는 허울만 바라보고 있었던 거다.

오한주 PD 덕분에 내가 지독한 연예인병에 걸렸다는 걸 깨달았다. 병증을 벗어내기 위해 프로그램의 본질인 기획 의도를 바라보려고 노트에다가 다섯 가지 본질을 적어 보았다.

1 90년대생이 폭넓게 공감할 수 있는 콘텐츠를 만들어야 한다.
2 출연자가 바뀌어도 상관없는 고정적인 포맷을 설정해야 한다.
3 출연에 익숙하지 않은 일반인이 와도 마음 편히 참여할 수 있는 구성이 있어야 한다.
4 기존 방송에서 보지 못한 색다른 그림이 있어야 한다.
5 결론적으로 새롭고 신선하다는 평가를 받아야 한다.

콘텐츠의 중심은 아이디어인데 돌이켜보니 최근 6개월 동안 이 부분을 크게 놓치고 있었다. 우리 팀이 회의한 내용을 봐도 아이디어를 발전시키기 위한 회의보다는 섭외를 위한 회의가 대부분이었다. 우리는 다시 콘텐츠의 본질을 고민하는 회의를 시작했다. 본질에 집중하려는 노력은 아직까지도 현재진행형인데 점점 새로운 포맷이 나오고 있다. 그래서 이제는 갑자기 섭외가 무산되더라도 멘탈이 무너지지 않을 것 같다. 이런 방식으로 본질에 집중하면서 연예인병을 회복하기 위해 애쓰는 중이다.

재미있는 프로그램을 제작하고 싶어서 PD가 됐지, 연예인을 섭외하고 싶어서 PD가 된 게 아니다. 그런데 지금은 연예인 섭외에만 눈에 불을 켜고 있는 PD가 됐다. 어쩌다가 이렇게 됐을까 생각해봤는데, 주변 사람들의 말에 휘둘린 게 가장 문제였다.

"이제 대중성을 생각해야지." "연예인이 많이 나가는 프로그램이 잘나가는 거라고 모두가 생각해." "연예인들 나오는 편이 더 재미있어." 그런 말들에 나도 모르게 휘청거렸다. 우리 프로그램을 좀 더 대중적으로 발돋움시켜보고 싶었고, 잘나가는 프로그램으로 메이킹도 해보고 싶어졌고, 인지도 있는 연예인을 써서 힘들게 기획을 쥐어짤 필요 없이 좀 더 쉽게 가고 싶었다. 문명특급의 기획 의도는 딱 이 반대지점인데도 불구하고 말이다. 이런 소음들 때문에 정작 이 일을 시작한 의도에 집중하지 못했다.

과거에 나에게 '연예인병'이라는 말을 처음 알려준 그 배우도, 그렇게 된 배경에는 분명 소음들이 있었을 거다. 처음에는 연기가 좋아서 시작했는데, "배우면 도도해야지", "배우면 가만히 있어야지", "배우면 이런 걸 입어야지", "배우는 이런 거 하는 거 아니야"라는 주변의 소음들에 혼란스러웠을 거다. 시끄러운 소리를 계속 듣다 보면 청력이 나빠지듯 점차 소음에 익숙해졌을 것이다.

"학생이면 공부를 해야지", "여자면 조신해야지", "남자면 배짱이 있어야지", "대학은 가야지", "결혼은 해야지"……
이런 소음이 들릴 땐 에어팟의 노이즈 캔슬링 기능을 사용하
면 좋다. 각박한 이 세상에서 살아남으려면 주변에서 들리는
다양한 고정관념들을 과감하게 차단해버려야 한다. 그래야
오로지 자신의 취향과 소신과 가치관에 집중할 수 있다. 신
이 나에게 능력을 딱 하나 준다고 하면, 에어팟 없이 노이즈
캔슬링을 할 수 있는 능력을 달라고 할 거다.

웃다 보면
저절로
가까워진다

—

    월급을 받는 사람으로서 회사에 처음 출근하던 날, 나는 엄청 쫄아 있는 상태였다. 술톤에 흙톤을 한 생면부지의 사람들이 어두침침한 오라를 내뿜으며 사무실을 돌아다녔고, 나의 첫 사수인 데릭은 은갈치 양복 차림으로 이런 말을 했다. "여기는 대학교 동아리가 아니야."

    지금 생각해보면 기선을 제압하려고 괜히 분위기 잡고 한 말 같지만 말이다. 모든 게 처음이라서 실수도 여러 번 하고 혼도 나다 보니 나는 점점 쭈구리가 되어갔다. 그러던 어느 날, 재재 언니와 나는 데릭과 함께 구내식당에서 점심을 먹게 되었다. 다이어트 중이라던 그는 셀프 바에 있는 샐러드를 밥그릇에 가득 담아서 가져왔다. 그걸 다 먹고 나서는 샐러드를 네 그릇 정도 리필해서 먹었다.

"샐러드 네 그릇을 먹는 거랑 그냥 밥을 먹는 거랑 비슷하지 않을까요?" 내가 이렇게 묻자 데릭은 "샐러드가 다이어트에 좋아"라며 다이어트 꿀팁인냥 혼란스러운 대답을 했다. 옆에서 듣고 있던 재재 언니가 "데릭, 코끼리도 풀만 먹어요"라고 하자 우리 셋은 동시에 웃음이 터져버렸다.

그 이후로 나는 데릭을 볼 때마다 자꾸 샐러드 네 그릇 다이어트 사건이 생각나서 그가 아무리 혼내도 쫄지 않게 됐다. 사회에 나와서 움츠러들고 굳어가던 나에게 웃음은 꽤 좋은 해결책이 되어주었다. 그 이후로 상사를 만나게 되면 유심히 관찰해서 웃긴 에피소드를 찾아냈다. 그랬더니 팀장들에 대한 나의 인식이 달라졌다. 그들은 무섭고 어려운 존재, 우연히 마주치게 되면 피해야 할 존재가 아니었다. 재미있고 웃긴 사람이라고 생각하게 되니 대할 때 마음이 한결 가벼워졌다.

무뚝뚝한 성격이라 우리에게 말도 잘 걸지 않던 라이키와는 처음부터 다가서기 힘든 벽이 있었다. 어느 날 라이키가 아침밥으로 챙겨온 달걀을 까는데 특유의 비린내가 났다. 그러자 재재 언니가 옆에서 "팀장님 방귀 뀌셨어요?"라고 했다. 나도 그 드립을 받아서 "어쩐지~"라면서 같이 팀장님을 놀렸다. 라이키는 회사에서 그런 얘기는 처음 들어본다며 어이가 없다고 웃었다. 그때부터 라이키를 볼 때마다 달걀 방귀 에피소드가 생각나서 피식피식 웃음이 났다. 이전에 느꼈던 두껍고 높은 벽은 눈 녹듯 사라졌고 어느새 내가 먼저 팀장님한테 말을 걸고 더 장난을 치고 있었다.

전국의 상사들을 희화화하자는 것은 아니고, 팀원이 팀장을 대할 때 덜 진지해질 필요가 있는 것 같다는 말을 하고 싶었다. 반대로 내가 팀장이 되고 나서는 놀림거리가 되는 팀장이 되는 것을 목표로 삼았다. 가까이 하기 싫은 사람은 애초에 놀리고 싶은 마음도 들지 않는 법이다. 놀리고 싶다는 건 친해지고 싶은 마음에서 나오는 행동이며 소통하고 싶다는 사인이다. 우리 팀원들이 나를 그렇게 대해준다면 좋겠다는 생각이 들었다.

가끔 보면 경직된 팀 분위기를 푼다는 명목으로 되도 않는 농담을 던지는 팀장들이 있다. 자신의 농담이 팀원을 불쾌하게 만들었다는 사실을 알아채고는 그들보다 더 불쾌해한다. 요즘은 후배들 무서워서 장난도 못 치겠다며 힘듦을 토로한다. 이런 고민에 시달리는 팀장들에게 먼저 좀 허점을 보이라고 추천하고 싶다.

본인이 농담을 던지는 쪽이 아니라 팀원들이 농담을 던져도 여유롭게 받아주는 팀장이 되는 게 팀의 분위기를 위해 효율적일 것이다. 하나 주의할 점은 놀림거리가 되는 팀장이 되기 위해서는 본업을 무조건 최상으로 잘해야 한다는 것이다. 안 그러면 진짜 놀림거리가 될 것이다.

지긋지긋하더라도
일단은
버틴다

—

시험에 합격하기 위해 버텨야 한다. 대학에 가기 위해 버텨야 한다. 대기업에 입사하기 위해 버텨야 한다. 승진을 하기 위해 버텨야 한다. 젊은이들은 끈기가 없는 걸까. 언젠가부터 청춘들에게 끈기를 가지라는 말을 많이 한다.

2010년도부터 유행처럼 청춘들에게 끈기를 가지라고 했다. 그 말을 들을 때마다 나는 한쪽 귀를 파거나 하품을 했다. 결국 '주류가 되기 위해 버텨야 한다'는 강요다. 같은 목적지를 향해야 하는 패키지여행처럼 한 버스에 태워 놓고 나 혼자 버스를 놓치면 창피한 일로 만든다. 이런 끔찍한 여행의 일원이 되고 싶진 않은데 나 홀로 자유 여행을 떠날 수 있는 방법은 아무도 알려주지 않았다. 남들을 따라서 슬금슬금

대기업 인적성 공부 책도 사고, 스펙을 채우기 위해 노력도 해보고, 이상한 정장을 입고 면접 스터디도 했다. 빡빡한 일정의 단체 여행에서 나만 낙오되는 게 아닌지 두려웠기 때문이다.

그런데 막상 내가 학창 시절을 지나고 사회생활을 해보니 "버텨야 한다"는 말에 일면 동의하게 됐다. 혹시 오해할까봐 짚고 넘어가자면, 주류가 되기 위해 발버둥을 쳐야 한다는 것에 동의한다는 것은 아니다. 내가 원하는 목적지에 가기 위해서는 개인의 근성도 어느 정도 필요하다는 의미다. 그 목적지가 꼭 다수가 원하는 곳이 아니어도 된다. 심지어 남들이 기피하는 곳을 목적지로 삼을 수도 있다. 물론 불법을 저지르지 않는 선에서 말이다. 주변 사람들의 시선을 의식해서 버티기보다는 오로지 나를 위해서 버티는 거라면 그건 내 인생에 꽤 도움이 된다. 다만 '아프니까 청춘이다'라는 말처럼 아플 때까지 버텨서는 안 된다.

가장 억울할 때는 버티고 싶은데 현실 때문에 포기해야하는 상황을 마주할 때다. 생활을 유지할 돈이 다 떨어졌거나, 주변인의 도움을 받을 수 없거나, 시험을 계속 치를 수 있는 환경이 주어지지 않거나, 성별이나 성적지향으로 인해 차별을 겪는 다거나 하는 순간이다. 그럼 내 모습을 바꾸거나 숨겨야 하는 건지 고민이 생긴다.

그런 순간에 가장 나에게 실질적으로 도움이 되는 것이 있었다. 나와 비슷한 순간에 처한 경험이 있던 타인의 이야기를 듣는 것이다. 선행자가 전해주는 온기가 나에게 위로가 됐다. 저들처럼 나도 지금 이 순간을 극복해낼 수 있을 것 같은 용기가 생겼다.

나의 이야기도 누군가에게 회초리가 아닌 용기가 되길 바라는 마음으로 책을 썼다. 버티는 과정에서 일어난 일들을 기록했다. 내가 가장 지쳤던 1월에 아주 우연히 윤여정 선생님을 만났던 것처럼, 가장 지친 순간이 온 누군가가 서점에서 이 책을 우연히 발견하여 읽었으면 좋겠다. 찌질한 이야기, 슬펐던 이야기, 나름대로 극복했던 이야기, 분노했던 이야기, 그래도 살 만하다고 느꼈던 이야기를 공유하고 싶다. 이 책을 읽고 나의 사적인 이야기에 공감해준 사람들과 같이 버텨보면 더 오래 버틸 수 있을 것 같다.

버티라고 말하는 세상에 사는 우리는 안타깝지만 정말 버티긴 해야 한다. 각자 생긴 모양을 서로 존중해주면서, 강제로 모양을 바꾸려는 방해꾼과 같이 싸워주면서 말이다. 그리고 결국 버텨낸 우리의 끈기가 새로운 주류가 되길 바란다.

어쩌면
이길 가능성도
있다

—

"나는 인도에 갔다. 머릿속에 불이 났기에." 류시화 시인의 인도 여행기 『지구별 여행자』에 이런 문장이 나온다. 대학 졸업을 앞두고 정규직 자리를 찾아 헤매던 내가 하필이면 그 책을 읽게 된 것은 일종의 계시였다. 내 머릿속에도 불이 나고 있었으니까. 책장을 덮고 무작정 인도로 떠났다.

뉴델리에 도착하자 깜깜한 새벽이었다. 미리 예약해둔 작은 호텔 앞에는 들개 두 마리가 몸을 늘어뜨리고 잠들어 있었다. 낮에 봤다면 그저 귀여웠을 텐데 어두컴컴해서였나, 내 눈에는 방금 사냥을 끝내고 잠든 야생 늑대들처럼 보였다. 호텔의 좁은 침대를 비집고 누워서 승모근에 힘을 바짝 준 채로 겨우 선잠에 들었다.

다음 날, 시내 구경을 하기 위해 만반의 준비를 하고 밖으로 나왔다. 그곳의 이동 수단을 타러 큰길로 나가자 릭샤들이 줄지어 서 있었다. 그중 눈이 마주친 릭샤 기사는 기다렸다는 듯이 몸짓으로 성희롱을 했다. 이방인을 대하는 그런 태도가 낯설지 않았다. 뉴욕에 갔을 때는 이보다 더했다. 신호 대기 중이던 차의 뒷좌석에서 괴한이 내리더니 보행로에서 걷고 있었을 뿐인 내 손목을 잡아 끌고 차에 태우려고 했다. 겁에 질려 한 마디도 못 하고 얼어붙은 나를 보며 차에 남아 있던 괴한의 동료들은 휘파람을 불고 인종차별과 성차별이 섞인 말들을 내뱉었다. 떠나기 전까지만 해도 나는 그저 지구별 여행자가 되고 싶었을 뿐인데, 이런 식의 익숙함을 마주칠 때마다 내가 선 여행지는 지옥별이 되었다.

똥은 피해야 상책이라는 생각으로 최대한 빨리 뉴델리를 떠나 타지마할에 있는 아그라에 가기로 결정했다. 어린 시절 비디오테이프가 늘어지도록 봤던 <알라딘> 속의 실제 풍경을 보면 머릿속의 열기가 좀 사그라들 것 같았다. 기차가 만석이라 하는 수 없이 기차표보다 10배 이상 비싼 택시비를 지불하고 아그라로 출발했다.

모래바람이 휘몰아치는 사막 같은 도로를 내달리던 택시가 갑자기 멈춰 섰다. 그러더니 기사님이 택시에서 내려

어딘가로 가버렸다(뭐라고 하는지 알아들을 순 없었지만, 아마도 통행료를 직접 내러 간 듯하다). 택시 안에 홀로 남아서 언제 올지 모르는 기사님을 기다리고 있는데 갑자기 창문 밖에서 이상한 소리가 났다. 고개를 돌리니 창문에 원숭이 한 마리가 달라붙어 있었다.

원숭이와 눈이 마주치고 1초간 정적. 상황 파악이 끝난 즉시 사진을 찍으려고 반사적으로 아이폰을 꺼냈다. 그때 갑자기 알리바바와 40인의 도적에서 튀어나온 듯한 복장을 한 10여 명의 사람들이 택시 주위를 둘러쌌다. 그들은 하나같이 장대를 들고 있었는데 그중 한 명이 내가 탄 창문 쪽으로 다가와 외쳤다. "포토? 머니! 머니!"

원숭이 사진을 찍었으면 돈을 내라는 협박이었다. 그런데 정말 억울한 게, 나는 사진을 찍으려고는 했지만 찍진 않았다. 그래서 아이폰 앨범을 보여주며 "노 포토! 노 머니!"라고 다급하게 외쳤다. 그러자 이번에는 택시 창문을 장대로 쾅쾅 치면서 더 과격하게 위협했다.

낯선 땅에 하필이면 황량한 지역, 도로 한복판 위에 멈춰 선 택시, 택시를 둘러싼 도적들, 그리고 무방비 상태의 나. 그때 살면서 처음으로 죽을 수도 있겠다는 생각이 들었다.

생각이 절벽까지 다다르자 갑자기 울화가 치밀어올랐다. 이대로 죽기엔 너무 억울한 거다. 나 같은 여행자 하나쯤은 쥐도 새도 모르게 사라질 수 있는 이 지옥별에서 나는 아무것도 안 했는데 희롱을 당하고 차별을 당하고 납치까지 당할 뻔하고 생명의 위협을 받고 있었다. 정작 그놈의 원숭이 사진은 찍지도 않았는데!

갑자기 성질이 욱하고 폭발해 창밖에 대고 소리쳤다. "노 포토라서 노 머니라고!!!!!!"

도적들은 이에 굴하지 않고 돈을 내놓으라고 거세게 윽박질렀고, 나는 돈을 줄 수 없다고 더 크게 언성을 높였다. 장대로 창문을 치면 나도 똑같이 팔꿈치로 창문을 쳤다. 얼마간 대치했을까. 도적들이 먼저 질렸다는 듯 "오케이~ 오케이~" 하면서 어디론가 사라졌다. 그 순간 나는 안도감보다 과거의 나를 향한 이상한 감정이 북받쳤다.

여태껏 나는 질 것 같은 싸움에는 참여하지 않았다. 어쩌면 이길 가능성도 있었는데 말이다. 시작도 해보기 전에 결과적으로 패배할 것 같으면 내가 먼저 백기를 들었다. 누가 날 욕보이고 희롱하면 더러워서 피한다고 그 장소를 떠났고, 학교를 다닐 때도 어찌 보면 비슷했다. 문제가 생기면 제대로 덤벼본 적이 없었다. 포기하는 게 아니라 자신의 한계를 인정하고 시간 낭비는 안 하는 거라고 속여가면서.

아무도 듣지 않는 곳에서 냉소에 가득 찬 불평불만을 쏟아내봤자, 허공에 주먹질해봤자, 달라지는 건 없었다. 안 될 것 같아서 포기한 싸움들이 얼마나 많았는지. 내 손목을 잡아끌던 괴한과 멱살 잡고 싸워보기라도 할걸.

인도에서 돌아온 뒤로 나는 내 성질대로 살기 위해 노력하게 됐다. 양보하는 어린이가 착한 거라고 어른들은 말씀하셨지만 나는 아무한테나 착한 사람이고 싶지 않다. 무례한 태도는 불쾌하다고 말하고, 불합리한 요구는 단호하게 거절하고, 먼저 시비를 걸어온다면 결투를 신청해서 끝내 이겨야 한다. 안타깝게도 하루아침에 이길 순 없다. 승률을 올리는 방법은 꾸준한 연습뿐이다.

큰 그림은
6개월까지만
그린다

—

　자기소개서를 작성할 때 고정 문항 중 가장 답하기 힘들었던 것은 "10년 뒤 내 모습을 예측하라"였다. 나는 당장 한 치 앞도 모르겠는데 사람들은 왜 자꾸만 인생의 큰 그림을 알려달라고 하는 걸까? 목표 없이 내달리기만 해서는 안 된다고 생각하면서도 최종 목적지 같은 걸 정하는 게 무슨 의미인가 싶을 때가 많았다.

　문명특급을 만들어가면서도 마찬가지였다. 10년 뒤에 어떤 PD가 되어 있을 것 같으냐는 질문을 받을 때마다 당장 다음 주라도 곤두박질칠 수 있다는 가능성이 고개를 들었다. 계획이 그려지지 않는 막연한 바람이 아닌 현실 속에서 이룰 수 있을 만한 미래를 그려보자면 10년 뒤는 나에게 너무 먼

미래다.

문명특급은 팀의 계획을 세울 때 6개월 단위로 정한다. 10년 뒤, 3년 뒤, 1년 뒤의 목표는 절대 세우지 않는다. 중장기적인 목표를 세우지 않는 첫 번째 이유는 역량이 부족해서다. 사람들이 말하는 '통찰' 같은 능력이 나에겐 없다. 그래서 굳이 예측하거나 호언장담하지 않기로 했다.

두 번째 이유는 하루살이처럼 살아온 생존본능 때문이다. 6개월짜리 인턴으로 이 회사에 들어와서 1년 정도의 프리랜서 기간을 거쳤다. 그러다 보니 언제 잘릴지 모른다는 두려움이 내 안에 탑재되었다. 부장으로 승진한 내 모습을 그리기보다는 당장 내일 나의 쓸모를 증명해내야 하는 일이 더 급했다.

이런 상황 때문에 단기 목표를 세우는 일에 집착하게 되었고 중장기 목표를 세우는 일은 뜬구름 같아 보였다. "2년 뒤에 우리 조직은 이런저런 모습이 되었으면 합니다"라고 팀장이 말하면 "2년 뒤에 제가 이곳에 있을지 없을지 모르니까 그때 가서 얘기해주세요"라고 답하는 팀원이었다. 이 고용 구조가 안정적이라고 느껴지지 않는 이상 하루하루 잘리지 않기 위해 최선을 다해야 하는 매일이 계속될 것이다. 내가 아니어도 그 누군가는 말이다.

중장기 목표는 세우기 힘들지만 단기 목표를 세우는 데
는 자신이 있었던 하루살이 기질 덕분에 문명특급이 만들어
질 수 있었다고 생각한다. 누군가 찍어온 영상을 편집만 해
서는 살아남기 힘들 것 같았다. 내 쓸모를 증명하기 위해서
는 직접 발 벗고 나서서 뭔가를 만들어낼 수 있다는 능력을
결과물로 보여주는 편이 더 확실했다. 매출을 창출해낼 수
있고 영향력을 지닌 콘텐츠가 여기 있다는 것을 말이다. 재
재 언니와 함께 기획한 프로그램이 좋은 평가를 받아야 그
이후에도 이 프로그램을 계속 만들고 싶다는 말을 할 수 있
을 것 같았다.

3회까지 제작했는데 반응이 나쁘지 않았다. 그래서 우
리는 5회까지 만들어보기로 했다. 5회까지도 반응이 괜찮아
서 언니에게 "10회까지 해볼래?"라고 물어봤더니 "그래"라
는 단답이 돌아왔고 그렇게 10회까지 만들 수 있었다. 그러
자 아주 조금씩 팬이 생겨나기 시작했다. 3개월을 더 하자 점
점 팬이 늘어났고 문명특급을 조명하는 기사가 한두 편 정도
났다.

그때 18층 라운지에서 재재 언니와 회의 중에 나눈 다짐

이 아직도 기억난다. 내년도 상반기 6개월은 문명특급에만 모든 힘을 쏟아보자고. 우리는 문명특급을 좋아해주는 시청자를 통해 약간의 잠재력이 있다고 판단했기 때문에 다른 업무를 멈추고 일주일에 한 번씩 정기적으로 문명특급 콘텐츠를 출고하는 일에만 몰두하기로 했다.

목표에 도달하는 과정이 길수록 딴생각을 하게 된다. 오늘 당장 최선을 다해야 다음 회차에 살아남을 수 있다. 그러면 당장 다음 주 목표만 세우지 왜 6개월짜리 목표를 세워야 할까. 6개월 정도는 예측을 하고 계획을 짜야 팀이 효율적으로 돌아가고, 팀원들도 자신의 역량을 이 팀에서 기를 수 있는지 판단할 수 있다고 생각한다. 그렇기 때문에 6개월 동안의 목표는 아주 구체적으로 짜기 위해서 노력한다. 3개월 정도는 출연자 섭외까지 마쳐둔다. 그리고 중간중간에 시의성 있는 아이템들에 대응할 수 있도록 1~2주를 비워둔다. 또한 굵게 가지고 나갈 큰 기획 한 가지를 설정해서 이것을 도전 과제로 놓는다.

예를 들어서 자기가 웹드라마를 연출하는 역량을 더 키우고 싶은데 향후 6개월 안에 문명특급이 웹드라마를 할 계획이 없어 보인다면 더 맞는 프로그램을 팀원이 찾아갈 수 있도록 도와야 한다. 공연을 연출하는 역량을 키우고 싶은데 문명특급이 마침 공연을 하고자 하는 목표가 있다면 계속 같이 일하면서 6개월을 최선을 다해보면 된다. 팀의 6개월 정도의 목표를 팀원과 공유하는 것은 우리가 발전하고자 하는 방향이 같은지, 몰입하고자 하는 기획에 대해 얼마나 공감하는지 맞춰볼 수 있는 기회인 것이다.

오늘만 버텨보자.
다음 달만 버텨보자.
6개월만 더 버텨보자.
남은 하반기만 더 버텨보자.

절절하게 버틴 하루, 한 달, 1년이 모이면 어느새 10년이 되어 있을 것이다. 그래서 앞으로도 당장 내일 살아남기 위해 고민하는 팀을 운영해보고 싶다. 그 결과는 나도 모르겠다. 잘되면 좋은 거고 안 되면 또 그때 가서 다른 방법을 도모해보도록 하겠다.

결과를
증명하는 건
보상이다

—

2020년은 팀을 빌드업하는 법을 배운 시기라면 2021년은 팀원에게 의지하는 법을 배운 시기다. 팀원에게 의지한다는 건 그들을 믿는다는 감정, 즉 팀원들의 능력을 진실로 신뢰하는 것이다. 그러면서도 책임질 일이 생겼을 때 팀원들에게 떠넘기는 태도를 보여서는 안 된다. 팀장의 역량은 팀원들이 안전하게 실패해볼 수 있는 쿠션을 만들어줄 수 있는가, 그것에서 판가름이 난다고 생각한다. 카페에서 쿠폰 도장 10개를 찍으면 한 잔을 무료로 주는 것처럼 10번의 실패 도장을 찍으면 꿀맛 같은 성취를 느끼게끔 해야 한다.

그렇게 하다 보면 팀원은 절대 팀을 떠나지 않는다. 팀장 한 명의 능력이 특출 나서 개인기를 발휘하는 팀이 될 수도 있겠으나 달리기 경주에서 혼자 달리는 사람은 절대 릴레이 팀을 이기지 못한다.

어떤 유명 배우와의 인터뷰를 편집할 때다. 평소와는 다르게 출연 소식을 알리는 기사가 쏟아졌고 시청자들의 기대도 높아졌다. 출연 예정 기사가 메인을 장식한 적은 처음 겪었고 자연스럽게 굉장한 압박으로 이어졌다. 문명특급을 만들면서 처음으로 회사에 출근하는 게 두려워졌다. 편집기를 켜놓고 그 앞에 한참 앉아만 있기도 했다. 나를 이렇게 만든 모니터 안의 출연자들이 원망스러웠다. 타이어를 발목에 묶고 달리기 시합에 나간 것처럼 억지로 일주일을 꽉 채워 편집을 했다.

그렇게 완성된 편집본을 팀원들과 시사하는 시간이 왔다. 시사가 끝나고 팀원들의 표정은 사색이 되었다. 정말 재미가 없었기 때문이다. 같이 해결책을 궁리하고 편집 방향을 수정했다. 그때부터 몸 밖으로 튀어나올 것처럼 심장이 뛰고 손이 떨렸다. 다음 날 4시까지 완성하지 못하면 그대로 방송사고가 날 것 같았다. 14시간밖에 안 남았는데 거의 처음부터 다시 편집해야 하는 상황이라 주어진 시간 안에는 절대 끝낼 수가 없었다. 그때 갑자기 연출팀의 조연출인 김혜민 PD와 오한주 PD가 각자의 자리로 돌아가더니 "제가 이

부분 편집해볼게요"라고 말했다. 아주 평온한 목소리와 덤덤한 표정이었다. 정신이 반쯤 나가 있는 나 대신 둘이 편집을 맡아줬고 시청자들에게 우리의 사정을 들키지 않을 수 있었다.

그런데 얼마 전에 비슷한 사건이 또 벌어졌다. 오한주 PD가 편집한 부분을 시사하는데 평소와는 달리 디테일이 부족했고 흐름이 중구난방이었다. 무엇보다 출연자에 대한 애정이 전혀 느껴지지 않았다. 편집이 개판이라고 말하자 오한주 PD는 솔직하게 고백했다. 요즘 체력적으로도 그렇고 정신적으로도 힘들다고 말이다. 남에게 피해를 주는 걸 싫어하는 오한주 PD는 본인의 고통보다 팀원들이 다시 편집해야 하는 상황이 온 것을 자책했다. 그렇지만 생각해보면 이런 상황은 나에게도 있었다. 그래서 오한주 PD에게 저번에 내가 편집을 개판으로 했을 때 너가 다 백업해주지 않았느냐며 이번엔 내가 백업을 해주겠다고 했다. 덕분에 오한주 PD에게 진 빚을 좀 갚은 것 같았다. 우리는 서로의 빈자리를 대신 채워주는 방법을 배우는 중이다.

하지만 객관적으로 팀원들의 역량이 부족한 상황에 처한 팀에게 의지와 믿음은 배부른 소리다. 팀장이 이 상황에서 팀원들에게 믿음만 준다면 '생생하게 꿈꾸면 이루어진다

(R=VD)'라는 뜬구름 잡는 말이 진리가 된다. 팀원이 성장하기 위해서는 안타깝지만 팀장이 악역을 맡는 순간도 필요하다. 이것을 깨달은 것은 얼마 되지않았다. 사실 나는 여태껏 착한 팀장 콤플렉스에 시달리고 있었던 듯하다. 우리는 팀장에게 자주 대들고 목소리를 높였지만 반대로 팀원들을 대할 땐 아주 소심해졌다. 그들에게 욕먹는 꼰대가 되지 말아야겠다는 강박 탓이었다. 그런데 팀원들에게 욕먹지 않을 생각으로 뭐든 다 좋다고 하거나, 업무에 있어서 단점이나 개선 사항을 말해주지 않으면 그들은 늘 제자리에 머물게 된다.

나의 경우에는 누군가 내 실수를 지적해주고 비판적인 시선으로 피드백을 해주는 게 더 큰 도움이 되었다. 그렇지만 나처럼 생각하지 않는 팀원들이 있을 수도 있으니까 연말을 맞이해 개별면담을 했다. 업무적인 영역에서는 내가 팩트로 때려도 되겠느냐고 단도직입적으로 물었다. 팀원들은 나의 객관적인 피드백이 연출로 성장하는 데 도움이 될 거라 믿는다고 답변했다.

그때부터 회의 전에 아이디어를 생각해오지 않은 팀원들에게는 문제가 있다고 지적했다. 편집에 디테일이 부족할 때는 편집이 개판이라는 사실을 명확히 알렸다. 착한 팀장 콤플렉스에 걸렸을 시절에는 '그냥 내가 다시 할게~'라고 답했을 텐데 나도 나름대로 큰 작정을 한 것이다. 이런 지적을 들으면 다음 회의 때는 아이디어와 기획의도를 미리정리해볼 수 있는 기회가 생기고, 편집을 다시 해보면서 자신의 단점을 고찰해볼 수 있는 시간을 갖게 된다.

2022년 올해 내가 정말 팀을 이끌 자격이 있는지 한번 더 테스트해보고 싶은 것이 있다. 팀원들의 능력이 성장했을 때 성과급이나 승진 같은 보상체계를 명확히 하여 그들의 가치를 증명해주는 일이다. 우리 팀은 조직에 속해 있기 때문에 이것은 내 개인의 노력으로 될 일이 아닐지 모른다. 그러다 된통 깨지는 일이 생길지도 모른다. 그럼에도 일단 마음먹은 대로 해보기로 했다. 팀이 필요한 건 착한 콤플렉스에 걸린 팀장이 아니라, 수단과 방법을 가리지 않고 성과를 증명해주는 팀장일 테니까.

2세대
아이돌에게
배운다
—

　문명특급에서 만난 아이돌에 대한 질문을 사적인 자리에서 가끔 받는다. 질문한 사람의 기대와 달리, 일터에서 연출자와 출연자로 만난 사이라서 풀어낼 비하인드가 딱히 없다. PD로서의 나에게 아이돌은 우상보다 출연자의 모습이고, 개인적으로 보자면 직장인이다.

　직장인에 비유했을 때 2세대 아이돌은 사회초년생보다는 대리나 차장으로 진급한 사수 느낌이다. 그래서인지 2세대 아이돌을 만나고 개인적으로 배운 노하우가 많다. 나에게 인사이트를 줬던 아이돌의 인터뷰를 정리해서, 나 또한 한 명의 직장인으로서 좀 더 오래 살아남기 위한 비책을 만들었다.

익숙함과 새로움은 한 세트다 — 샤이니

뉴미디어에서 콘텐츠를 제작하면서 무조건 새로운 것을 해야 한다는 강박이 있었다. 새롭지 않으면 올드미디어와의 차별점이 없다고 생각했기 때문이다. 창의성은 새롭고 파격적인 그림을 만들어내는 것에서부터 시작한다고 믿었다. 그러나 영혼까지 끌어모아 새로운 기획을 내놓으면 대부분 반응이 시원찮다. 그럼 제작자는 아직 대중이 몰라준다며 자기들끼리 정신 승리를 하는 악순환에 빠진다.

샤이니를 인터뷰하면서 대중이 편하게 받아줄 수 있는 정도까지의 선을 지켜야 한다는 걸 배웠다. 샤이니는 늘 새로운 컨셉에 도전하지만 이질적으로 느껴지지 않는다. 그들은 익숙함과 새로움을 함께 고민하기 때문이다. 대중이 인지하는 '샤이니스러움'이라는 익숙함은 잃지 않으면서 거기에 신선함을 한 방울 더한다.

내가 새로운 기획을 했을 때 반응이 시원찮았던 이유가 여기에 있었다. 나는 시청자를 배려하지 않고 억지로 새로움을 주입하려고 애썼다. 정작 전하려고 했던 새로움은 너무 날것으로 보이기 쉽다. 시청자들은 기획 의도를 온전히 느끼기보다는 상한 회를 먹는 것 같은 찝찝함과 불쾌함만 남아버렸다.

샤이니에게서 배운 것은 〈다시 컴백해도 눈감아줄 명곡 (줄여서 '컴눈명')〉의 새로운 기획을 시작할 때 좋은 참고가 되었다. TV에 방영될 확장판을 제작해야 했는데, 유튜브보다 TV를 주로 보는 시청자들은 문명특급을 낯설어할 것 같았다. 그래서 시청자에게 익숙한 느낌을 주기 위해 일부러 음악 방송이라는 고전적인 포맷을 끌어다 썼다. 그러면서도 음악 방송의 패러디처럼 연출하여 기존의 음악 방송 구성에서는 볼 수 없는 코너들로 신선함을 더했다. 시청률과 화제성 부문에서 모두 좋은 결과를 얻었다.

무조건 새롭기만 한 게 창의적인 것이라 믿었는데, 아니었다. 새로움과 익숙함 사이에서 저울질하며 가장 좋은 균형을 찾아내는 것이 제일 창의적인 기획이다.

이틀을 주면 할 수 있어야 한다 — 애프터스쿨

방송 콘텐츠의 경우 매주 마감일이 있다. 매주 마감일의 압박은 대부분 PD들의 주된 스트레스 요인일 것이다. 시간이 더 있었다면 퀄리티를 더 높일 수 있었을 텐데, 이런 아쉬움이 매번 남는다. 시간만 더 있었으면 편집 아이디어를 더

낼 수 있었을 텐데, 촬영장을 다른 곳에서 할 수 있었을 텐데, 어떤 사람을 더 섭외할 수 있었을 텐데…… 그렇게 내 역량보다는 시간과 주변 환경을 탓하게 된다.

애프터스쿨의 가희는 한 오디션 프로그램에서 이런 말을 했다. "일주일을 주면 되겠니? 한 달을 주면 되겠니? 1년을 주면 할 수 있겠니?" 그의 말처럼, 나 또한 얼마의 시간이 주어지더라도 결과적으로 해내야만 한다. 시청자는 제작진의 사정을 모를 뿐만 아니라 알 필요도 없기 때문이다. 촬영본 파일이 실수로 날아가더라도, 비가 와서 촬영을 못했더라도, 출연자가 갑자기 출연을 취소했더라도, 어김없이 방송일이 되면 무조건 뭐라도 나가야 한다.

애프터스쿨은 〈컴눈명〉 확장판에서 〈BANG!〉으로 무대에 다시 섰다. 코로나 상황 속에서 자가 격리 때문에 연습할 시간이 이틀밖에 없었는데, 동선과 파트의 수정이 있었음에도 완벽하게 10년 전 무대 그대로 나타났다. 가희는 멤버들과 모여서 안무를 맞춰본 건 고작 이틀뿐이었지만, 자가 격리를 하는 보름 동안 무대 영상을 계속 보면서 혼자 연습을 거듭했다고 한다.

이렇듯 좋은 결과를 내기 위해서는 과정에서 꾸준한 훈

련이 필요하다. 하루아침에 열매가 뚝 떨어지면 얼마나 좋을까. 하지만 세상에 그런 일은 벌어지지 않는다. 만약 촬영 데이터가 날아가서 하루 만에 다시 새로운 무언가를 만들어야 한다면 기획부터 편집까지 다시 생각해야 한다. 평소에 기획하는 훈련이 되어 있고 편집을 빠르게 끝내는 훈련이 되어 있어야 단 하루가 주어지더라도 수습이 가능하다.

그래서 나는 이런 상황들을 대비해 나만의 루틴을 만들어놓는 편이다. 예를 들어서 매일 아침 이를 닦고 샤워를 하는 시간을 이용해서 기획을 생각한다. 밥을 먹고 소화를 시키거나 차에서 이동하는 시간에는 편집에 들어갈 자막 아이디어를 '카카오톡 나에게 보내기' 대화창에 보내놓는다. 이렇게 내 일상 중 어떤 순간들에 꼭 이런 일을 하게 만들어야 긴급 상황에 처했을 때 평소 하던 습관이 발휘되면서 순발력이 생긴다. 2000년에 댄서로 데뷔한 가희는 지금도 무대에 오르기 위해 사활을 걸고 훈련한다. 나도 당분간은 그런 정신으로 열심히 살고 싶어졌다.

시청자 소중한 줄을 알아야 한다 — 현아

"팬 여러분 사랑해요"라는 말은 그냥 으레 하는 말인 줄 알았다. 연예인이 되어본 적이 없어서 팬과 연예인 사이에 어떤 유대감이 존재하는지도 잘 몰랐고, 나와는 다른 세계라고 생각했다. 그런데 최근에 나에게 문명특급의 팬이라고 밝히는 사람들이 많아졌다. 제작 협찬을 해주는 한 기업의 담당자, 로비에서 만난 이름 모를 작가님, 대학 동기의 사촌 동생도 팬이라고 연락이 왔다. 이곳저곳에서 문명특급의 팬이 등장하고 있다.

이런 말을 들을 때면 "감사합니다"라는 대답을 하는 것이 뭔가 창피했다. 나의 팬이라고 한 것도 아니고 내가 연예인도 아니고 프로그램 팬이라고 한 것을 감사하다고 하면, 내가 이 프로그램의 주인처럼 행세하는 것 같고 또 뭔가 오만방자해 보이고 조금 쑥스럽기도 하고, 빈말로 했다 치더라도 내가 너무 진지하게 반응하는 것 같기도 하고 그런 괴상한 감정이었다. 그래서 내가 선택한 대답은 "오~ 그러시군요?"였다('오~'에 물결 표시가 정말 중요하다).

아무튼 이게 정말 최악의 대답이라는 것을 현아를 인터뷰하면서 느꼈다. 현아는 팬이 정말 고마운 존재라는 것을 알고 화답하는 아티스트다. 그는 "우리 팬들은 갈아타는 일이 잘 없어요"라고 밝게 말했다. 현아가 팬을 소중하게 여기는 만큼 팬도 현아를 떠나지 않는다는 신뢰에서 비롯된 자신감이었다.

자신의 존재 이유를 팬이라고 하는 현아를 보면서 반성했다. 프로그램 또한 시청자와 팬이 없으면 폐지된다. 나는 시청자 한 명 한 명을 붙잡고 감사하다고 해도 모자라다. 그런데 이 시국이라고 문명특급이 좋다고 직접 말까지 해주는 팬과 "오~ 그러시군요?" 하면서 거리 두기를 시전하고 있었던 거다.

현아를 인터뷰한 뒤부터 누가 나에게 문명특급의 팬이라고 말하면 무한 감사를 표하게 됐다. 조금 쑥쓰럽더라도 일단 감사한 마음을 전하는 게 우선이 됐다. 구독자와도 소통을 늘렸다. 댓글로 소통하기도 하고 공식 인스타로 구독자들이 궁금해할 만한 소식들도 올리고 있다. 아무개의 사돈의 팔촌이 문명특급의 팬이라는 이야기를 전해주면 아무개한테 커피 기프티콘을 쏘며 선물로 전해달라는 부탁도 한다.

앞으로도 우리 프로그램을 봐주고 좋아해주는 사람들에게 아낌없이 표현할 것이다. 구독자가 다 빠지고 한 명이 남더라도 그 한 명을 위해 끝까지 최선을 다해봐야겠다. 이젠 시청자가 프로그램의 존재 이유라는 것을 알았기 때문이다.

행운과 불행의
총량은
비례한다고 믿는다

—

　　동네 카페에 들러 이 책의 원고를 마무리하고 따릉이를 대여해 집에 가던 중이었다. 코너를 돌자 노을이 지는 청명한 겨울 하늘이 나타났다. 그때 마침 에어팟에서 내가 가장 좋아하는 노래가 흘러나왔다. 내가 가장 좋아하는 자전거와 풍경과 노래다. 이런 완벽한 삼위일체는 흔히 벌어지는 일이 아니다. 실시간으로 노을이 지는 하늘을 만날 수 있는 기회는 많지 않다. 특히 저녁 시간대엔 늘 어두운 사무실에서 편집을 하고 있는 나에겐 더 희귀한 장면이다. 그리고 나는 에어팟 배터리 충전을 자주 까먹는데 그날따라 충전이 잘 되어 있던 것도 다행인 일이다. 이틀 전까지만 해도 칼바람과 영하의 날씨에 따릉이는 쳐다도 안 봤다. 그런데 마침 어제 날이 좀 풀려서 따릉이를 탈 수 있을 정도의 기온이 된 것도 얼마나 더 기막힌 우연인가. 집에 가는 길에 있는 공원에 일부러 들려 몇 바퀴 더 돌면서 오늘은 정말 행운이라는 생각을 했다.

집에 도착해서 씻고, 뜨끈한 된장찌개와 삼겹살을 먹고, 수면 잠옷으로 갈아입고, 귤을 까먹고 있었다. '지잉' 따릉이 알람이 울렸다. 아직 반납이 안 됐다는 공지였다. 하늘을 감상하는 것에 정신이 팔려서 따릉이 반납 래버를 안 내리고 칠렐레 팔렐레 집으로 돌아온것이다. 온돌 바닥에 따뜻하게 데워진 수면바지를 겨우 벗고 외출복으로 갈아입은 다음 답답한 패딩을 챙겨 추운 밤 다시 집 밖으로나갔다. 내가 탔던 따릉이는 다행히 그 자리에 있었고 반납 래버를내리자 초과 이용 금액 600원이 부과됐다는 알람이 왔다. 아무튼 참 완벽한 하루란 없다. 예쁜 하늘을 만난 행운만큼 성가신 불행이 온 거다. 나는 이걸 행운 총량의 법칙이라고 부른다.

행운에는 총량이 있어서 큰 행운이 오면 언젠가 딱 그만큼의 불행이 찾아온다고 생각한다(나 혼자 믿는 미신이니 과학적 근거나 출처는 전혀 없다). 이 미신은 몇 년 전 나에게 큰 불행이 왔을 때 지어낸 것이다. 우리 가족 모두를 힘들게 했던 그 불행은 꽤 오랫동안 곁에 머물러 있었다. 큰 불행이 왔으니까 이 정도의 큰 행운이 곧 올 거라고 스스로 위안하며 그 시절을 버텼다. 그 후 PD가 되고 입봉도 하는 행운을 얻었으니 그때 얻은 불행만큼 행운이 채워진 거라고 믿는다.

그런데 반대로 큰 행운이 오면 언젠가부터 불안해졌다. '이 정도의 불행도 곧 올 텐데 어쩌지?' 그래서 나에게 큰 행운이 온 날은 이것을 주변 사람들에게 떼어줬다. 인센티브를 받은 날에는 가족과 지인들에게 줄 선물을 샀다. 큰 상을 받은 날에는 팀원들과 상금과 성취를 나눴다. 행운을 적당히 써버려서 남은 만큼의 불행이 나에게 오도록 하는 작전이다.

자기 전에 누워서 명상을 하는데 오늘은 이런 생각이 들었다. 나에게 딱 오늘 하루 정도의 행운과 불행만 왔으면 좋겠다고 말이다. 그림 같은 하늘을 마주하며 집에 돌아가는 정도의 행운과 따릉이 래버를 안 내려서 다시 수고해야 하는 정도의 불행. 큰 불행이 왔을 때 행운은 언제 오는지 목 빠지게 기다리지 않아도 되고, 큰 행운이 왔을 때 다음 불행은 어떤 형태로 찾아올지 긴장하지 않아도 된다. 딱 오늘 정도의 총량이 내가 감당하고 싶은 즐거운 하루다. 행운과 불행의 총량이 완벽했던 오늘을 남겨두고 본보기로 삼고자 남겨둔다.

에필로그

　사회초년생을 보내면서 축적된 에피소드를 중심으로 원고를 썼다. 그러다 보니 여유보다는 뒤에서 사냥개가 쫓아오는 듯한 이야기가 많아졌다. 현재 자신의 삶의 키워드를 힐링이나 워라밸로 잡은 독자라면 내 글에 불편함을 느낄 수도 있을 것 같다. 그러니 이 책을 사기 전이라면 슬며시 내려놓아도 좋고, 아쉽게도 구매해버렸다면 중고로 싸게 팔아도 좋다. 하지만 무언가에 대한 분노와 절박함이 있는 독자라면 나와 공감대가 맞을 것이다. 이 책을 다 읽고 나의 찌질함에 위로받는 독자가 있다면 기쁘겠다.

　책 속에 있는 일화들은 대부분 동료들과 함께 겪은 일이다. 혼자 흙을 파먹는 일은 창피해서 싫은데 같이 하면 할 만하다. 꽤 오랜 기간 같이 흙을 파먹고 있는 이은재 PD, 이규희 PD, 오한주 PD, 김혜민 PD, 김하경 디자이너, 그리고 문명특급을 거쳐간 모든 동료들이 떠오른다. 혹시 내가 왜곡해서 기억하는 것이 있다면 미안하다. 카톡해라. 그리고 늘 우리 팀의 결정을 지지해주고 현명한 판단을 내려주셨던 하현종 대표님과 이아리따 팀장님에게도 감사의 마음을 전한다.

원고를 다 쓰고 가장 먼저 생각나는 사람은 엄마와 아빠였다. 내가 사랑하는 가족, 친구들과 5년 동안 있었던 이야기를 쓰라고 한다면 책 한 권을 쓸 수 있을까. 3년 전에 가족 여행을 다녀온 에피소드 하나 정도가 끝이다. 그만큼 주변 사람들과 시간을 보낸 기억이 없다.

나는 나를 위해 일했다. 가족 행사는 모두 후순위였고 가족과 밥 한 끼 같이 먹는 시간도 아까워했다. 가족들이 나를 다 이해해줄 것을 강요했다. 집에 가서 회사 일을 궁금해하는 부모님에게 말 시키지 말라고 하면서 방문을 닫았다. 집에서까지 회사를 떠올리고 싶지 않았기 때문이다. 집밥을 먹으면서는 업무를 보느라 핸드폰만 봤다. 핸드폰 내려놓고 밥만 먹으라는 부모님께 일하는데 내가 노는 줄 아냐며 성질을 부렸다. 이 책 속에 부모님에게 이야기하지 못했던 집 밖에서의 내 모습이 들어 있다. 책으로나마 중간보고를 하고 싶다.

초등학생 때 가훈을 써서 내라는 숙제가 있었다. 부모님은 우리 집 가훈이 '자주독립'이라고 했다. 다음 날 학교에서 발표를 하는데 선생님이 자주독립의 뜻을 물어봐서 나도 모르겠다고 답했다. 대학생 때는 용돈을 달라고 했더니 또다시 우리 집 가훈은 자주독립이라면서 나가서 일을 하라고 했다.

그때는 아빠가 용돈을 주기 싫어서 그러는구나 했다. 하지만 사회초년생이 되면서 부모님이 왜 그렇게 자주독립을 외쳤는지 깨닫게 됐다. 경제적 독립이라고 하는 것은 돈을 많이 벌어서 자수성가하라는 뜻이 아니라, 자신이 주체가 돼서 용감히 생활하라는 뜻이다. 사회적 독립이라고 하는 것은 세상에 나를 억지로 맞추는 게 아니라 내가 생긴 모양대로 당당히 맞서라는 뜻이다. 우리 집 가훈의 뜻을 알기까지 꼬박 30년이 걸렸다.

얼마 전 아빠가 내 방에 들어와서 말씀하셨다. "너는 둥그렇지 못한 모난 돌인데 계속 그렇게 살길 바란다." 모난 딸을 지지해주는 부모님에게 큰 존경을 담아서 글을 마친다.

꿈은 없고요, 그냥 성공하고 싶습니다

초판 1쇄 발행 2022년 3월 17일
초판 3쇄 발행 2022년 10월 5일

지은이 홍민지
펴낸이 김선식

경영총괄 김은영
기획편집 윤세미 **홍보마케팅** 송임선, 김희정
엔터테인먼트사업본부장 서대진
웹소설1팀 최수아, 김현미, 심미리, 여인우, 장기호
웹소설2팀 윤보라, 이연수, 주소영, 주은영
웹툰팀 이주연, 김호애, 변지호, 윤수정, 임지은, 채수아, 최하은
IP상품개발팀 윤세미, 송임선
디지털마케팅팀 김국현, 김선민, 이소영, 김희정
지식교양팀 김선욱, 김혜원, 백지은, 석찬미, 염아라, 이수인
저작권팀 한승빈, 김재원, 이슬
재무관리팀 하미선, 김재경, 안혜선, 윤이경, 이보람
제작관리팀 박상민, 김소영, 김진경, 양지환, 이지우, 최완규
인사총무팀 강미숙, 김혜진, 황호준
물류관리팀 김형기, 김선진, 민주홍, 양문현, 전태연, 전태환, 한유현
외부스태프 박연미(디자인)

펴낸곳 다산북스
출판등록 2005년 12월 23일 제313-2005-00277호
주소 경기도 파주시 회동길 490
전화 02-702-1724 . **팩스** 02-703-2219
이메일 dasanbooks@dasanbooks.com
홈페이지 www.dasan.group
블로그 blog.naver.com/dasan_books
용지 한솔피앤에스 **인쇄** 민언프린텍
코팅 및 후가공 제이오엘앤피 **제본** 대원바인더리

ISBN 979-11-306-8127-6 (03810)

다산북스(DASANBOOKS)는 독자 여러분의 책에 관한 아이디어와 원고 투고를 기쁜 마음으로 기다리고 있습니다.
책 출간을 원하는 아이디어가 있으신 분은 다산북스 홈페이지 '원고투고'란으로 간단한 개요와 취지,
연락처 등을 보내주세요. 머뭇거리지 말고 문을 두드리세요.